ラルーナ文庫

灼熱の若王と秘されたオメガ騎士

桜部さく

JN132200

三交社

CONTENTS

Illustration

兼守 美行

灼熱の若王と
秘されたオメガ騎士

本作品はフィクションです。
実際の人物・団体・事件などにはいっさい関係ありません。

アラビア海の南東に位置する王国アルバール。三方を砂漠に囲まれているこの国は一年を通して気温が高く、空気も乾燥している。緑の少ない国だが、大きな街がいくつもあり、活気に溢《あふ》れている。アラビア海の海上貿易と、砂漠の向こう側へ貿易を中継する要所として、繁栄を誇っているからだ。

大きな帆を畳んだ貿易船がいくつも停泊する港を臨む王都には、王属騎士団基地がある。厳しい訓練を優秀な成績で修めた者だけが入団を許されるのが、王属騎士団だ。

今年入団できた五人のうちの一人であるセナ・シーパは、騎士には珍しく平民出身で、しかも、生まれてすぐに両親を亡くし、寺院付属の孤児院で育ったという異例の存在だった。幼いころから馬術や剣術の稽古《けいこ》をしてきた貴族の次男、三男たちに負けないよう、血の滲《にじ》むような努力を重ね、首席で訓練所を卒業した。

小柄の痩身《そうしん》と淡い褐色の肌、長いまつげに縁取られた垂れ目がちな目元という中性的な容貌《ようぼう》も相まって、本人の知らないあいだに注目の的になっていた。

入団日にはもう王属騎士団の全員がセナの名を知っていた。先輩騎士には目立つ平民を虐《いじ》めてやろうという者もいたようだが、噂《うわさ》よりもさらに小柄なセナを見ると、まだ十八歳なのだから、じき体格が大きくなるだろうと慰めてくれた。それくらい、頼りなく、可憐《かれん》にも見える容姿をしていた。

入団から三か月、騎士団の任務と寮生活に慣れてきたときだった。セナの身体《からだ》に異変が起きた。

「は……、はぁっ」

突然体温が上がり、心臓が激しく打った。寮の相部屋で一人、動悸《どうき》と火照《ほて》りに呼吸が乱れ、もがき苦しんでいると、なぜか下着が濡《ぬ》れるのを感じた。

(まさか……!)

異変の原因に思い当たった瞬間、火照っているはずの顔から血の気が引いた。だが身体の奥から抗《あらが》えない熱が生まれ、また頬《ほお》が上気する。

下着の湿りが顕著になり、衣服の下で身体の中心が頭をもたげた。気づいてしまった異変の理由に、セナは混乱するしかなかった。

まさか、自分がオメガだったなんて。

オメガは王属騎士どころか、下位の憲兵や一般兵にもなれない。発情によって任務に支障が出るからではなく、身内にオメガがいれば、世間から隠すか奴隷として売ってしまうのがアルバールの暗黙の掟《おきて》だからだ。

通常なら、オメガ性に生まれていれば訓練所時代に発情期を迎えている。セナには、一度も発情期やそれに似た症状すら起こったことがなかった。だから自分はベータで、退役の日までアルバールに仕えるのだと信じていた。それなのに、王属騎士になれた今になって発情期を迎え、オメガだったと知ることになるなんて。

混乱が絶望に変わり、それでも身体は発情期特有の熱を生み続ける。

発情の苦しさと非情な現実による苦痛から、涙を溢れさせて寝台に伏せたセナの背後で、誰《だれ》かが部屋に入ってくる音がした。

「先に部屋に戻っていたなら、掃除をしておくのが新米の役目だろう」

同室の騎士ヤウズだ。怠慢な態度が原因で下位兵団への降格が危ぶまれ、賭博《とばく》で借金を抱えているとまで噂される落第騎士は、様子のおかしいセナを見て目の色を変えた。

「お前、オメガだったのか」

セナ自身が今知った事実に、ヤウズは嘲笑《ちょうしょう》を浮かべる。

「卑しい生まれだ。オメガだったとしても不思議はないな」

優秀なセナを理不尽にも目の敵にして、日ごろから何かと口汚くセナを罵《のの》る下劣な男は、嫌な笑みを浮かべて腰帯を外した。

混乱から抜け出せず、何も言えなかったセナだが、不穏な気配を感じ身体を起こした。

けれど背後から寝台に押しつけられてしまう。

「俺たちアルファにとって、発情期のオメガは高級娼婦《しょうふ》よりも具合がいいと聞いた」

セナにとって絶望的な状況を嘲笑《あざわら》うヤウズは、セナの口に布を詰め込む。

「んんっ！」

苦しさに声を上げたが、くぐもったうめき声にしかならなかった。うまく息ができず、身体も思いどおりに動かせなくて、さらに混乱するセナの両手首を、ヤウズが腰帯で縛る。

「おとなしく脚を開け、淫売が」

質《たち》の悪い嘲笑を上げるヤウズの下で、セナは必死に抵抗した。


翌朝、発情期の症状はほとんど治まっていた。オメガや発情期についてはよく知らなくて、なぜ症状が落ち着いたのかはわからなかった。

わかったことは残酷な事実だけ。うなじに歯型がはっきりと残っていて、ヤウズが番《つがい》になったこと。そして、番になったのは恋や愛情が理由ではなく、醜い嫉妬《しっと》心を満たすための行為の最中に、ヤウズが後先も考えずにセナのうなじを噛《か》んだからだということ。

悔しさに、涙が涸《か》れるまで泣いた。その日から数日は任務にも就けないほど憔悴《しょうすい》して、このまま立ち上がれない気さえした。

セナに起こったことを想像もしていない他の騎士たちは、質の悪い風邪《かぜ》だろうと言ってそっとしてくれた。生い立ちを枷《かせ》とせず、必死の努力を積み重ねてきたセナを誰もが慮《おもんぱか》ってくれた。たった一人ヤウズを除いて。

セナが屈辱と絶望からなんとか立ち上がったころには、ヤウズは騎士団から姿を消していた。誰にも行方を知らせず、セナに一言も詫《わ》びることなく、突然姿を消した。セナはその後、番の居場所がわからぬまま、現実を受け止めて生きるしかなかった。

＊＊＊

砂漠の楽園と誉れ高い大国アルバールは、若き国王、アスラン・パーディシャー・アルバールの治世下にある。王都には国中で最も優秀な騎士が集められた王属騎士団があり、繁栄の象徴である王都を護《まも》っている。

二十三歳になったセナは、騎士の正装である白の装束と、首と両手首を守る革の防具を身に纏《まと》い、王属騎士団団長の執務室へ入った。

「失礼します。団長、例の書簡です」

胸元に縛っていた書簡を手にし、頭を下げれば、四十半ばの団長は年齢に似合う渋みと貫禄《かんろく》の映える顔立ちを満足そうに緩め、頷《うなず》いた。

「ご苦労だった」

四か月に一度、セナはこうして団長の執務室を訪れる。四か月という決まった期間は、セナの発情周期だ。

団長だけは、セナがオメガであることと、それに関する秘密を知っている。

セナが訓練兵だったころ、団長は訓練所の視察に訪れる道程で毒蛇に噛まれ、瀕死《ひんし》の状態に陥った。たまたまその現場に通りかかったセナは、教わったばかりの救命処置を施し、団長の命を救った。的確な応急処置がなければ、団長は今ここにいない。セナは図らずして恩人になっていた。

そのおかげで、オメガであることを話せた。セナの苦労と努力を知っているからこそ、団長のほうから発情期の対策を提案してくれた。

セナは発情期の兆候を感じると団長に知らせ、書簡を受け取り、機密文書の単独伝令という命を受けて騎士団基地を出る。そして、発情期が終わると返事を受け取ったふりをして書簡を返すのだ。

執務室には団長とセナ以外に誰もいない。いい機会だと、団長が一つ咳払《せきばら》いをする。

「家族はどうしている」

騎士は七日に一度休みが貰《もら》える。セナは毎週必ず、家族に会いにいく。四歳になる娘ミラだ。

「おかげさまで元気に暮らしています」

初めての発情期で、セナは妊娠した。気づいたのは、まだ体型に現れていなかった三か月ごろ。自分がオメガだったと知り、番までできてしまったけれど、血の滲むような努力の末に騎士になった自負から、辞める決心がつけられず、重大な秘密を抱えたまま騎士団に残っていたころだった。

剣術の訓練中に眩暈《めまい》がして足元がふらつき、怪我《けが》を負った。傷は深かったものの、幸いにも早期回復が見込めるものだったが、問題はそのときに妊娠がわかったことだ。自分がオメガで、不本意なかたちでアルファと番になり、さらには番の子が腹にいるのだと知って、底の見えない絶望に突き落とされた。それでも、セナは必死に、妊娠の事実は隠してほしいと医者に頼み込んだ。騎士団に残る望みはもうない。けれど、せめて諦《あきら》めがつくまでは隠したいと、涙ながらに頼んだのだ。

ただならぬ様子を不憫《ふびん》に思った医者は、破傷風の恐れありとして、回復するまで無期限の休職が必要と、上官への手紙に書いてくれた。

そうして密《ひそ》かにミラを産み、助けを必要としていたセナは、団長にすべてを話した。

「寺院の教育は有望な若者を育てる。君がそれを証明しているのだ、不安はなかろう」

「恐れ入ります」

ミラはセナが育った寺院の孤児院に預けている。団長以外にオメガと知られては、騎士団にはいられない。だから、自分が産んだけれど、娘として届け出てあげられなかった。

「いずれ後進に団長の席を譲る日がくるのが、少々残念だ」

団長が退役するまで、セナは王属騎士団で勤める。王属騎士の報酬は、庶民にとって大金だからだ。そして、ミラを育てられるだけ蓄えを築き、団長の退役と共に退団して、ミラと共に暮らす。

孤児だった自分が初めて得た、たった一人の家族だ。授かった理由は思いがけないものだったけれど、今のセナにとって日々努力を重ねる糧であり、希望だ。

「失礼します。国王陛下がお見えになります」

執務室に入ってきた騎士が、国王の訪問を告げる。セナは団長に敬礼して、広場へ駆けて出た。そして、急いで隊列の最前列に立つ。

最前列に並ぶのは一等騎士だけだ。セナは剣術、馬術、日誌や報告書の作成など、すべての任務において優秀とされ、先日一等騎士に昇格した。

今までのように自分より大きな騎士の後ろに隠れてしまうのではなく、士官たちの姿がよく見える最前列は、立っていて気分も良いし誇らしい。無意識に胸を張っていると、司令部のある棟のかげから馬に乗った国王と近衛騎士が現れた。

「国王陛下の御成り！」

士官の声に、セナたち騎士は一斉に敬礼する。一糸乱れぬ様子を見て、二十歳《はたち》の国王、アスラン・パーディシャー・アルバールは満足そうに微笑《ほほえ》んだ。

初めて間近で見たアスランは、肖像画よりももっと男性的な魅力に溢れていた。彫りの深い目元と凜々《りり》しい眉《まゆ》、高い鼻梁《びりょう》は気高さを表すように整っていて、透けた生地の上着を通して、騎士のように鍛えられた腕も見える。立て襟の正装には金糸の刺繍《ししゅう》が施されていて、雲一つない空から降り注ぐ陽光に煌《きら》めいて眩《まぶ》しいほどだ。

国王としてアルファとして、溢れる自信と誇りが、優雅に馬を操る姿に表れていた。

騎士全員の顔を確かめるよう、左端から馬を歩かせたアスランは、右端にいるセナの前に来ると馬を止めて降りた。そして興味深そうな表情でセナに近づいてくる。

「初めて見る顔だな。名は？」

「セナ・シーパと申します。陛下」

頭を下げて屈《かが》み、数拍待ってから面を上げると、アスランはじっとこちらを見たままだった。

逞《たくま》しい体格のアスランは背も高い。主君や上官を見上げ続けるのは無礼と取られることもあるため、アスランの目を見るかどうか迷っていると、頭の上から声がかかる。

「美麗な騎士がいたものだ。最前列に立っているということは、一等騎士か。剣術試合に出るのだろう。活躍を期待している」

他の兵団から訪ねてくる士官たちは、小柄なセナを見ると騎士団にいるのが信じられないといった顔をする。一等騎士の証《あか》しとして最前列に並んでいればなおさらだ。けれど、アスランに疑った様子はなく、来週王宮で行われる騎士の剣術試合でセナの剣技を見るのを楽しみにしていると言って、整った容貌に笑みを浮かべていた。

見上げると、視線が合った。アスランはセナが目を合わせるのを待っていたようだ。

「王宮で会おう」

そう言って、若き国王はセナのむき出しの肩に触れた。

「……！」

アルバールでは、国王は神に選ばれた存在と信じられている。その国王が一騎士に、しかも平民に触れるのは異例のことだ。突然与えられた名誉に呆然《ぼうぜん》とするセナを、他の騎士

たちは羨《うらや》ましそうに見ている。アスランも、セナがどれほど特別に感じているかわかっている様子で、もう一度セナに笑顔を向けてから、近衛騎士と士官たちを連れて去っていった。


剣術試合前の休日、セナは娘のミラと一日を過ごしていた。

ミラを預けている寺院付属の孤児院は、聖典にのっとり厳格な生活を子供たちに教える。セナも同じ環境で育ったから、ミラがどんな生活をしているのか容易に想像ができる。まだ四歳になったばかりで、外の世界を知らないから、ミラが不満を漏らすことはない。それでも、一緒に暮らせないぶん、会える日には甘やかしたくなるのが、親心というものだろう。

今日は港の近くで開かれている縁日に連れてきた。伝統料理や異国の菓子、子供の玩具《おもちゃ》に踊りの小舞台と、ミラは目を輝かせている。

「セナは王様を見たことがある？」

ミラがセナを名前で呼ぶのは、親子ではなく、大切な家族と伝えているからだ。いつか一緒に暮らせるようになったときに真実を話そうと思うが、今はそれだけで充分だと思っている。

「このあいだ、王様に会ったよ」

「王様はどんなだった？」

言葉が達者になってきたこのごろ、質問するのがミラの中で流行しているらしい。ときどき答えに困るくらい、たくさん質問される。

「とても立派な人だった。金色の衣装を着ていて、乗っていた馬にもたくさん飾りがついていたよ」

「すてきな人？」

孤児院の少女たちを真似《まね》たのか、ませた問いかけだ。肩に触れられたときのことを思い出し、セナは一瞬答えに詰まってしまう。

「そうだね。素敵な人だったよ」

王族アルファの風格は想像以上だった。騎士団にもアルファは何人もいるが、アスランほどの存在感を覚えたことはない。

「王様は優しい？」

「優しい方だと思うよ」

肩に触れられたのには驚いた。なぜアスランが神助を授けてくれたのかしばらく考えたが、最前列にいた騎士の中で一番弱そうなセナを勇気づけるためだったという結論に至った。それでも真摯《しんし》な眼差《まなざ》しを向けてくれる国王だ。優しい人に違いない。

ミラの興味が縁日に戻った。色々なものを指さし、あれはなんだと訊《き》かれながら歩いているうちに、いつの間にか縁日の端まで来ていた。

「そろそろ寺院に戻ろう」

「もっと歩きたい」

「もう一度縁日を見るほうが、先に行くよりもきっと楽しいよ」

もうすこし進めば、売春街に近づいてしまう。幼いミラにはそこがどんな場所かわからなくとも、見慣れた光景の一部にしたくない。

それに、セナにとっては苦痛な経験をした場所だ。

オメガを助産した経験が最も多いのは、売春街の医者だ。破傷風と偽って休職しているあいだに噂を耳にしたセナは、その医者を探した。そして、出産の日まで売春街を出てすぐのところにある小屋を借りて身を隠し、医者の手を借りてミラを産んだ。

男性オメガにとって出産の身体的負担は非常に大きく、セナは数週間高熱にうなされた。医者と薬代、生まれたばかりのミラを任せた乳母への支払いは、わずかな貯金では到底足らず、意識が回復したころには借金を背負っていた。セナは売春街の人間ではないけれど、借金をした相手はそうだ。返済のあてがなければミラを取り上げられてしまう。ただでさえ弱りきっていたセナは、ミラをきつく抱いて号泣し、借金は必ず返すからミラを奪わないでくれと、土に額を擦《こす》りつけて懇願した。

あの日の絶望は忘れない。まともに身体を動かせない状態で、支えてくれる番もなく、これ以上ないほど疲れ果てていたセナには、ミラを生きる希望と思えるほどの余裕がなかった。それでもやはり、自分の娘は命に代えても守ると、本能から誓った。

それから四年。団長のおかげで騎士団に戻り、借金は返して蓄えもできた。あと数年勤められれば、ミラと共に暮らす目途《めど》が立つ。

一緒に暮らせば、思いきり甘やかせてやりたい。今までできなかったぶんも、毎日一緒に過ごして、ミラの花嫁姿を見るまで、ずっと一緒にいたい。

「さあ、みんなのぶんの果物を買っていこう」

迷子にならないようにもう一度手を繋《つな》いだ。今は、この小さくて温かい手が、確かな希望だ。

剣術試合の日、セナは初めて王宮に入った。王属騎士の中でも命を受けた士官しか立ち入れない場所は、真っ白な石の壁と見事な彫刻が見る者すべてを魅了する、白亜の宮殿だった。見晴らしの良い丘に築かれた王宮には大小いくつもの宝珠型の屋根があり、その大きさに圧倒され、またその屋根を支える建物の壮大さにも唖然《あぜん》とした。

試合が行われる中庭も、溢れんばかりの木々や花で飾られている。国の三方を砂漠に囲まれ、常に空気が乾燥しているアルバールでは、木や花の色彩は富の象徴でもある。これほど手入れが行き届いた緑と花々を見るのは初めてだ。日除《ひよ》けのために吊《つ》るされた、透けた布が風に揺られる様も幻想的で、夢を見ているような心地になった。

一列に並んで待機していると、王侯貴族が続々と集まってきた。剣術試合は伝統的な行事で、貴族たちは出場する一等騎士の誰が優勝するか、金貨を賭《か》けて楽しむ。貴族家出身の騎士は見世物にされている気分になると不満を言うが、セナは気にしていない。優勝すれば褒美に金貨が十枚も貰えるからだ。

今日も勝つ気で臨む。他の一等騎士との剣術訓練は何度も経験していて、それぞれの騎士の特徴を覚えているから、油断しなければ勝てる自信もある。

「国王陛下の御成り！」

貴族たちが金貨を賭け終えたころ、アスランが現れた。大粒の翠玉《すいぎょく》で飾られた長剣を腰に差し、歴代の国王が受け継いできた煌びやかな宝石をいくつも身につけている。

中庭にいる全員が跪《ひざまず》く姿を満足そうに眺めながら、アスランは紅色の絨毯《じゅうたん》が敷かれた国王の席に着いた。そして、初老の側近を呼び、金貨を賭ける騎士を指定した。

アスランが誰に賭けてもセナの気にすることではない。非力そうな容姿に自覚はあるし、誰も自分には賭けないと思っているからだ。

「余の誇りである騎士たちよ。健闘を祈る」

アスランのかけ声を合図に、試合が始まった。

セナは順調に勝ち進んだ。祭りごとだから泥臭い戦い方は好まれないし、怪我をしてまで勝たなければいけない試合でもないから、セナが相手になると早々に諦める者もいた。おかげでかすり傷一つなく最後まで残れた。

最後の相手は、セナを負かして騎士団内での立場を挽回したがっている、大柄で腕力も並外れている強敵だ。対してセナは一振りずつが弱いけれど、身軽さを活かして相手の間合いに一気に入り、急所を一突きするのを得意としている。

緊迫の勝負になったが、迫力で勝る相手の隙《すき》をつき、セナは見事に相手の背中をとった。

拍手が起こり、四方に頭を下げるセナを、アスランが呼ぶ。

「勝者よ、前へ」

呼吸を整え、煌びやかな絨毯の前で跪くと、アスランは面を上げるよう、指先でセナに命じる。

「そなたの容姿からは想像のつかない見事な剣技だった。おかげで余も独り勝ちだ」

独り勝ちとは。もしやアスランはセナの優勝に賭けていたということか。

驚いていると、アスランの側近が黒色の盆を運んできた。そこには百枚は下らないであろう大量の金貨が載せられている。

アスランは本当に、一人で賭けに勝っていた。

「身体が大きいだけが騎士の強さではないということだな」

そう言ったアスランは、差し出された金貨を見てから、セナに渡すよう手ぶりで側近に指示をする。

「勝者に敬意を」

アスランの一声で、貴族たちがセナに拍手を送る。そして、国王の先見の明を称賛する声がいくつも上がった。

王属騎士の年俸以上の褒美を目の前に差し出され、セナは慌てた。だが、アスランは躊躇《ため》うなと笑う。

「いつ何時も、誇り高く戦う騎士に褒美だ」

本気で戦っていなかった騎士がいることは、アスランもわかっている。だからこそ、一貫して真剣に戦ったセナを褒めてくれるのだ。

「光栄にございます」

十枚ほどの金貨なら。と、目立たないように怠けていた貴族家出身の騎士たちも、さすがに驚いて羨慕《せんぼ》の視線を向けているのが、背中に感じる気配でわかる。

初めて試合に出た小柄な騎士だから必然的に大穴となり、一人だけが賭けていて、その一人がすべてを褒美にできる国王だったという、幸運すぎる偶然が重なったのだけれど、ほんのすこしだけ面白い気分になってしまった。

人一倍では収まらない努力を重ねなければ、貧しい平民にとって王属騎士団は居づらい場所だ。たまには心の中で笑ってもいいだろうと思っていると、アスランが目の前に片膝《かたひざ》をつく。

「陛下っ」

側近が慌てた声を上げ、金貨の盆を落としそうになった。国王はどんな状況であっても誰かに跪くことはない。なのに、目線の高さを合わせるためとはいえ、ただの騎士に向かって膝をつくなんて、側近を含めた貴族たちが騒然としている。

一番驚いているのはセナだ。立ち上がるわけにもいかず、無暗《むやみ》に頭を下げるわけにもいかない。どうすればいいか判断できず、凍りついたセナをよそに、アスランは口角を上げる。

「余は力が好きだ。美麗な容姿に隠れたその力も、気に入ったぞ」

まっすぐに目を見つめ、アスランは白い石板についたセナの手を握った。

また身体に触れられ、心臓が止まりそうだ。そんなセナに、アスランはさらに意外なことを言う。

「余の近衛騎士となれ」

耳を疑うほかなく、セナはただただ呆然とした。

「私を、近衛騎士に……？」

近衛騎士になれるのは、国王の信頼に足る優れた騎士だけだ。常に国王の傍《そば》にいるため、貴族家出身者しか選ばれたことがないはず。

騎士にとって最も名誉ある役目だけれど、セナが感じたのは指名された喜びよりも不安だった。

「恐れながら、私は平民の出です」

「確かに、平民の近衛騎士は今までいなかった。だが、余が法だ。そなたは明日から近衛騎士になれ」

不安を謙遜《けんそん》ととられてしまい、断れなくなった。否、最初から辞退するという選択肢は与えられていない。

離れたところから様子を見ていた団長だけが、セナの不安に気づいていた。その他は誰もが、なぜ素直に喜ばないのかと訝《いぶか》しげな顔をしている。

「身に余る光栄にございます」

本心を知られないよう、石板に額がつくほど深く頭を下げれば、納得したアスランが頷く。

「その慎《つつ》ましさも気に入ったぞ」

そう言って立ち上がったアスランは、側近にセナを近衛騎士として迎える準備をするように指示をした。

「有意義な試合であった」

アスランの挨拶《あいさつ》で試合は終わった。小柄な平民が優勝し、近衛騎士の名誉を賜る結果を想像できていた者はいなかっただろう。一番驚いているのはセナ本人なのだから。

幾人かの一等騎士たちに声をかけられながら帰り支度を整えていると、皆がセナの背後に向かって敬礼した。振り向くと、アスランがそこに立っていた。

「陛下」

慌てて頭を下げると、アスランは楽しげな笑みを浮かべた。

「そなたを王宮に迎えるのを楽しみにしている」

不安を知る由もないアスランの笑顔は二十歳の青年らしい活発さに満ちていて、セナに対する純粋な興味を映している。

「明日から近衛騎士になるのだ。今夜から王宮に住むとよい」

近衛騎士は王宮内に部屋を与えられる。国王の命にいつでも応じられるからだ。

なぜそこまで気に入ってくれたのか。想像もつかないけれど、今のセナにできることは、戸惑いを隠して頭を下げることだけ。

「恐れ入ります」

「待っているぞ」

上機嫌な声でそう言って、アスランは去っていった。


独身騎士のための寮に戻ったセナは、遅い昼食のあと荷物をまとめた。といっても、私物はほとんどなく、返却する必要のある布団や敷き布を畳んだくらいだ。

そこへ、団長がやってきた。同室の騎士は部屋にいたが、席を外すよう命じられて出ていった。

「近衛の役目は騎士の誉れだ。胸を張って王宮に行くといい」

セナの不安は、近衛騎士になってしまうと、今までのように発情期を隠せないことだ。番がいるせいか、セナの発情期は話に聞いた他のオメガよりも周期が長い。あと三か月ほどは発情期が来ないはずだけれど、隠せなければ騎士生命はそこで終わる。

あと三か月で辞めるなんて予定外だ。褒美に大金を貰ったけれど、騎士団を追われてしまえば、ミラとの生活は遠ざかる。発情期のせいでろくな仕事には就けないし、幼いミラを置いて働きに出かけるわけにもいかない。だから、蓄えはできる限り増やしておきたかった。

「打つ手は考えておく。が、セナも事情を話す心の準備はしておいてくれ」

「はい」

「もし今まで隠し通せた理由を訊かれたら、私のことも話せばいい」

「それはできません」

この四年間、頼れる人がいたことが幸運だった。団長が便宜をはかってくれたことは、拷問されても絶対に言わない。

「陛下が平民の私には務まらないとお気づきになれば、騎士団に戻してくださるかもしれません」

新しい職務はまっとうするつもりだ。けれど、場違いすぎて邪魔になってしまうかもしれないし、アスランも気まぐれが過ぎたと悟るかもしれない。

これ以上心配をかけたくなくて、笑顔で言えば、団長は見送りの敬礼を送ってくれた。

「騎士の名に恥じぬ働きを期待している」

苦労と努力を誰よりも理解してくれている団長に、セナは最敬礼を送って騎士団基地を後にした。

王宮に着くと、ただちに自室となる部屋へ案内された。近衛騎士を含め、国王に仕える者たちに与えられる個室だった。

寝台だけでなく、机と椅子《いす》もあり、さらには部屋の中で水浴みができるようになっている。あまりの贅沢《ぜいたく》さに驚いていると、廊下に繋がる扉が開き、そこからアスランが姿を見せた。

「陛下」

突然のことに驚きながらも頭を下げると、アスランは満足そうに微笑んでセナの肩に触れる。

「待っていたぞ」

「このような部屋を与えていただき、身に余る光栄でございます」

「己《おの》が家と思って使うといい」

「ありがたく――」

「飾りが足りないな。そこの者、花と果実を持ってこい」

セナの戸惑いに気づいていないアスランは、案内してくれた者にそう指示をしてからセナのほうへ向き直る。

「他に欲しいものはあるか」

「いえ」

「新しく近衛騎士を迎える祝いだ。欲しいものを言え」

「お心遣いだけ」

世の中には考える必要もなく欲しいものがすぐ言葉になる者が多いのだろうか。そんなことを考えてしまうほど、何も欲しがらないセナをアスランは不思議そうに見ている。

「誠に慎ましい騎士だ。美麗な容姿によく似合う」

不思議そうにしながらも褒めてくれたアスランは、連れてきた従者が持っていた近衛騎士の制服を広げてセナに見せてきた。

「選ばれし騎士の証しだ」

白の装束の上に羽織る、袖のない上着は、紺色の生地のいたるところに刺繍が施されている。背中には大きく王家の紋章が刺繡されて、遠くからでも一目で近衛騎士とわかる。

「着て見せよ」

目の前で上着を着ろと言われたのだと思ったのに、アスランはセナの背後にまわり、着せようとしてくれる。

着替えも従者に任せるはずの国王が、あろうことか一騎士に上着を着せるなんて。室内にいる全員が啞然とするなか、アスランはセナに上着を着せて、仕上げに頭に被《かぶ》っている大きな布、グドラごと黒い髪を束ねて上着の内から外へと出した。

「美しい髪だ。それに、香を纏っているのか？　良い匂《にお》いもする」

自分に起こっていることが信じられず、必死に落ち着きを取り繕っていたセナは、慌てて答える。

「香は使っておりません。髪は……しばらく散髪していません」

国王のアスランも含め、ほとんどの男性は肩にかかるくらいまでしか髪を伸ばさないが、セナはそれよりも長く、肩が完全に隠れるくらい伸ばしている。騎士の正装の一部である、首につける防具のおかげでうなじの歯型は誰にも見られないが、万一のために伸ばしているのだ。

「艶《つや》があって綺麗《きれい》な黒髪だ。羨む女も多いだろう」

丈夫で艶やかな漆黒の髪が美女の条件でもある。セナは確かに、癖のない丈夫な髪質をしている。女性と話す機会などほとんどないので、褒められることはないが、ミラがこの髪質を受け継いだことは嬉《うれ》しく思っている。

「女性とはあまり話したことがありません」

アルバールの女性は目元以外の全身を衣服で隠して生活し、夫以外の男性とはあまり関《かか》わらない。ゆえに、結婚するまで家族以外の女性とまともに話したことのない男性は珍しくない。

「そうか」

騎士ほどの報酬があれば、それこそ売春街の常連客になれる。遊びを知らないセナの様子を見て、アスランは満足そうに笑った。

「今日からは、この上着を常に身につけていろ」

「かしこまりました」

「心配するな。替えはいくらでも用意する」

汚してしまうことなど気にしなくてもいい。王属騎士の待遇は良かったが、近衛騎士になるとより良くなるようだ。

感謝を伝えるために屈んで頭を下げると、アスランは微笑んでから踵《きびす》を返した。そして何者のためにも立ち止まらない、国王らしい堂々とした歩調で去っていった。

総勢十二名の近衛騎士は、二人ずつ交代でアスランの向かう場所すべてに随行し、残りは王宮全体に目を配り、夜間に任務に就くことも多々ある。全員が一斉に眠っているのは深夜から午前六時までで、その他の時間は国王の執務と予定に合わせて変則的に任務に就く。騎士団のように雑用はしなくていいけれど、国王の気分や体調によっても一日の流れが大きく変わる、まさに国王のためだけに存在する騎士だ。

王宮に来てから十日経っても、セナは近衛の役目に慣れられずにいた。隠し通路を含めた王宮の構造を覚えるだけで精いっぱいで、そのうえ王宮の特殊な習慣も学ばなければならない。そろそろ頭痛が起こりそうだと思っていた日、初めて身辺警護についたセナに、昼食中のアスランが話しかけてきた。

「王宮には慣れたか」

「はい」

本当はまだまだだけれど、何も学んでないわけではない。笑顔で答えれば、近くに寄るよう手招きされる。

アスランの座っている絨毯に限界まで近づくと、さらに手招きされた。戸惑いながら、ちょうど反対側に座っている側近をちらりと見れば、騎士が国王と同じ席に着くことを不服そうに見ている。

セナも分不相応だと思っているが、アスランの命に背くわけにもいかない。仕方なく絨毯の端に膝をつき、アスランを見れば、目線が同じ高さにきて納得した様子の視線が向けられた。

納得がいかないのは側近のほうで、小声でアスランを止めようとする。

「陛下」

「食事中の眺めは良いほうがいいだろう」

冗談口調だったが、アスランは本当にセナの顔を見たかったようだ。

もしや、中性的な顔が気に入られたのだろうか。国王とはいえ、家族以外の女性は、目元以外見られないのは他の男性と同じだ。アスランは未婚で、女性の素顔を見る機会もそうない。王宮内は男性の姿ばかりが目立ち、確かにむさ苦しさは否めないから、すこしでも雰囲気が和らぐようにと、小柄な優男であるセナを近衛騎士にしたのかもしれない。

剣術の腕が買われたと信じたかったから、残念だ。密かに落胆したとき、アスランがにこりと笑った。

「どこにあれほどの力が隠れているのか、想像もつかない。神秘を見ている気分だ」

試合でのセナの様子を思い出し、楽しげにそう言ったアスランを、側近はもう止めようとしなかった。

「剣術の基本を完璧《かんぺき》に身につけ、そのうえで体格と取柄を活かしていると見たが、言うのは易《やす》くとも行うとなれば難しいはずだ。それを実現できることに感心している」

アスランは慣例行事をただ見ていたのではなく、セナの動きをしっかり観察していた。まだ若い国王の、物事に対する真剣さが垣間《かいま》見《み》えた気がする。

「身に余るお言葉、光栄にございます」

国王らしく、話し方も振る舞いも堂々として高圧的だったりもするが、仕える人間をきちんと知ろうとする姿勢に、純粋な好感を覚えた。王宮を去らなければならない日は近いかもしれないが、アスランの人となりを知れただけでも、近衛騎士になった甲斐《かい》がある。

「近いうちに手合わせしたいものだ」

一等騎士にも劣らない、鍛えられた体軀《たいく》をしているアスランは、きっと手強《てごわ》い相手だ。けれど、相手が強いと血が騒ぐ性分だから、手合わせできるのは楽しみだ。

「待ち遠しいです」

考える前に言ってしまっていた。慌ててアスランを見ると、端整な容貌は不敵に笑んでいた。

「余も楽しみだ」

この日から、セナは毎日日中の護衛に呼ばれるようになった。

けれど手合わせはなかなかできなかった。執務の他に、外国の大使や大商人との会談、一日五回の礼拝に、王都の民の声を聞いて、と、アスランはとても忙しいからだ。鍛錬の時間がない日も多く、その場合は歩きながら短剣を振っていたりもする。誰もが道を開ける国王だからできることなのだが、それにしてもアスランの生活は想像と随分違っている。

やっと剣術の練習ができる日が来て、まずは先輩騎士がアスランの相手になった。やはり精鋭中の精鋭である近衛騎士は強いが、アスランは見事に対抗している。

アスランの真剣な表情は、近衛騎士に本気を出せと言いたげだ。白熱しはじめたとき、近衛騎士の切っ先がアスランの指を掠《かす》めた。

「しまった」

切り傷を負い、顔を歪《ゆが》めたアスランを見て、その場にいた全員が血相を変えた。けれどセナだけは咄嗟《とっさ》にアスランの傍に駆け寄り、胸元から包帯と傷薬を取り出した。

孤児院にいた最後の数年は、毎日年少の子供たちを世話していた。自然と怪我の手当てをすることが多くなり、包帯と傷薬を持ち歩くのが癖になった。

訓練所と騎士団でもそのままで、いつの間にか軽傷の怪我人はセナのところに来るようになっていたから、アスランの傷を見て反射的に動いていたのだ。

真っ青な顔で謝る先輩近衛騎士の声が聞こえるなか、近くにあった飲み水で傷口を洗い、傷薬を塗っていると、背後からアスランの側近が怒鳴る。

「平民が許可なく陛下に触れるな！」

はっとして、セナは慌てて手を止めた。

「申し訳ありません」

萎縮《いしゅく》した声で詫びたセナが、結ぼうとしていた包帯を落としかけると、アスランが側近を睨《にら》んだ。

「この者の親切心を叱《しか》るな」

憤りを露《あら》わに言い放ったアスランは、すぐさま穏やかな表情に戻り、セナを見つめる。

「続けてくれ」

柔らかい声音は、ほんのすこし甘えているようにも聞こえた。途端に、周囲のことが気にならなくなり、自然と手が動いた。

「はい」

包帯を結び終えるまで、アスランはずっとセナを見つめていた。

今後同じような状況になっても、側近に怯《おび》えずアスランの手当てをしたい。そう思うほど嬉しそうに見つめられて、セナは頬がほんのり熱くなるのを感じた。

怪我をしたアスランとは手合わせできぬまま、夕方に護衛の任を終え、セナは自室に戻って身体を清めた。

覚えることが多いのもだけれど、二週間以上休みなく毎日勤めて、疲れが溜《た》まっている。明日も朝食後からアスランの護衛だから、早く床に就こうと準備をしていると、アスランの侍従が部屋にやってきた。

「国王陛下が夕食の席にお呼びです」

思わぬ知らせに唖然とするセナに、侍従は紺色の布が張られた豪奢《ごうしゃ》な箱を渡してくる。

「これは……」

「カンドゥーラが一着入っています。夕食の席に着用してください」

箱を開けると、正装である立て襟の衣装が収められていた。首元には絹の飾り紐《ひも》もついていて、生地も上質なのが手触りでわかる。

「ありがたく頂戴《ちょうだい》します」

遠慮しても侍従を困らせるだけなので、急いで着替えると、待ってくれていた侍従がアスランのところまで案内してくれた。他の近衛騎士に会わないよう、侍従たちの使う裏廊下を通り、最後は長い階段を登った。近衛騎士は夕食時にはアスランのいる部屋の外で待機するから、部屋まで辿《たど》り着けばセナがアスランと食事をすることは知られない。

夕食の席は、最上階にあたる三階の露台に設けられていた。一階部分だけで一般的な民家を五つ重ねたほどの高さがある王宮だ。この露台は王宮の外壁の四辺にある塔よりも高いところにある。

加えて王宮は丘の上に建っている。日没後の王都を照らす光が、この露台からはよく見える。

王都が星空になったようで、高さのせいか飛んでいるような気分になってくる。初めての光景にうっとりしていると、垂れ絹の向こう側から黄金の宝飾品が揺れる音がした。

アスランだ。堂々とした歩調に揺れる宝飾品の音は、耳が覚えている。振り返って頭を下げると、アスランは満足そうに頷く。

「正装もよく似合っている」

「このような衣装を授けていただき、光栄にございます」

「余が招いた。当然のことだ」

そう言って微笑んだアスランは、絨毯の上に置かれた金色の食台を挟んで座るようセナを促す。

「今夜は忠誠深き近衛騎士をねぎらう夜だ。気を張らずともよい」

アスランが飾り枕《まくら》を背に座ったのを待ってから、セナも向かいに座った。すぐさま前菜が運ばれてくる。

「手当てをしてくれた礼を言う」

アスランが食事に手をつけるのを待っていると、まっすぐ見つめられた。瞳《ひとみ》の中心を捉《とら》えられ、目線を動かせなくなる。

「それから、側近の非礼も詫びよう」

まさか側近の言動を国王が謝罪するとは思っておらず、その真摯さに息が詰まった。

「王家の伝統と秩序を守るためだったと理解しております」

思っているとおりを言えば、アスランは口元を緩め、セナが包帯を巻いた指を見せてくる。

「伝統や慣習は確かに重要だが、考える間も必要なく手当てをしてくれる者が傍にいることのほうが大切だ」

もしかするとアスランは、国の頂点に立つがために、人と関わる自由を失うことがしばしばあるのかもしれない。だから、王宮のしきたりが身についていなかったセナの咄嗟の行動が珍しくて、強く印象に残ったのだろう。

「息苦しい思いをさせたくて招いたのではない。食事を楽しむためだ」

そう言って食台に視線を向けたアスランにつられ、セナも視線を落とすと、途端にいい匂いが鼻先をくすぐった。二人で取り分ける前菜は食台から溢れるほどの量ではないけれど、種類がたくさんあって彩り鮮やかだ。

アスランが食べはじめるのを待っていると、思慮深い国王はセナの取り皿にすこしずつ取り分けてくれた。小さな怪我を手当てしただけなのに、こんなに気を遣われてはかえって心苦しい。

「陛下……」

気持ちだけ受け取ると言うつもりだったのに、遮られてしまう。

「俺が怖いか？」

端整な目元は、どこか寂しそうに見えた。

「いいえ」

怖がってなどいない。ただ、身分が違いすぎて、適切な距離を保つ以外にどうしていいかわからなかっただけ。アスランがセナを見つめるときのように、迷いなく双眸《そうぼう》を見ると、アスランは白い歯を覗《のぞ》かせて笑んだ。

「そうか」

安堵《あんど》するアスランを見ていると、緊張がほぐれ、胸が軽くなった。

心に余裕ができると、アスランが彼自身の呼び方を変えていたことに気づいた。

どうやら、アスランは本当に主従の壁を一旦隅に置いてくつろぐつもりのようだ。気を遣いすぎると水を差してしまうから、分を弁《わきま》えつつ今夜を楽しみたい。

「遠慮はいらぬぞ、好きなだけ食べてくれ」

「ありがたく頂きます」

アスランが匙《さじ》を手にするのを待って、セナも匙を持ち、スープを口に運んだ。

「頬が落ちそうです」

思わずそんなことを言うくらい、夕食は絶品だった。アーモンドのスープ、木の実と果実を和《あ》えたフムスとパンから始まり、主菜も、トマトと茄子《なす》が添えられた羊肉、魚介類まで、アルバールの伝統料理が並び、大食いでもないのにセナの食欲は増すばかりだ。

王宮には五つの厨房《ちゅうぼう》があり、それぞれ野菜と果実、前菜、主菜の肉類、魚介類、菓子と役割が決まっていて、国中から集められた料理人が日々腕を競っている。食材は国内外から良質なものが選び抜かれ、世界で最も美味な料理はアルバールにあるとまで謳《うた》われるそうだ。

貿易と堅実な政策のおかげで庶民の食卓にも潤いがある国だけれど、王宮の料理は想像もしたことがなかったほど美味《おい》しい。すこしは遠慮するつもりだったのに、セナの手はなかなか止まらなかった。

「騎士らしい立派な食べっぷりだ」

いつの間にか手を止めていたアスランは、美食を頬張るセナを眺めながら面白そうに言った。途端に恥ずかしくなって、手を膝の上に乗せると、アスランは仕方なさそうに眉尻《まゆじり》を下げる。

「見ていて気持ちがいい。遠慮せずに食べればよい」

「ですが、陛下はもう終わられたのでは」

「俺はバクラバとチャイを待っている。父の代からバクラバを作ってくれる老父がいてな。以前は毎日作ってくれていたが、老齢故に最近は週に一度だけになってしまった。今日は、そのバクラバを食べられるから、一週間ぶん食べようと思っている」

バクラバは薄い生地を重ねて、あいだに木の実や蜂蜜《はちみつ》を挟んで焼いた伝統菓子だ。食べやまれないほどの美食を毎日口にしているアスランが一週間ぶん欲しいと言うなら、その老父が作るものはよほど美味しいのだろう。

それにしても、菓子のために腹加減を調節するとは、アスランも可愛《かわい》いところがある。国王を可愛いと言っては失礼も過ぎるので言わないが、そう感じずにはいられない。

考えてみれば、立場は国の頂点にあるとはいえ、アスランはセナより年下だ。若気が抜けなくても当然だろう。

思わず微笑んでいると、アスランも端整な笑みを浮かべる。

「毎日世界一の美食を味わっているが、それがどれほど恵まれていることなのか、ときどきは思い出すべきだ。セナが喜ぶ姿を見ていると、己の受ける恩恵により感謝できる」

一騎士をねぎらう気持ちだけでも寛大だと思っていたのに、特権に甘んじることを自ら律するとは。国王としての意識の高さに敬服するしかなかった。

「陛下の志しに敬服いたします」

「嬉しい言葉だが、そう畏《かしこ》まらずともよい」

主君に対して他にどう接すればよいのか。胸の中で静かに困惑していると、アスランが飾り枕をセナの隣に動かして、そこへ座り直した。

肩を並べる状況に益々困惑していると、胡坐《あぐら》をかいたアスランが身体をこちらへ向ける。

「生まれ育ちは違っても、人同士、こうして話していると情が生まれるものだと思っている。王としては傅《かしず》かれる存在でも、俺は一人の人間だ。だから、俺もセナを一人の人として見ている」

生まれ持った立場は違っても、心が通えば主従以外の関係ができるということだろうか。

そう考えてやっと、アスランは歳《とし》の近い自分と友情を築こうとしていることに気づいた。

まっすぐな視線は、友情に身分は関係ないと伝えてくる。

「陛下とこうしてお話しできていることがまだ信じられない心地ですが、今とても楽しいです」

同じ人間としてアスランの隣に座っている今が、嬉しい。稚拙な言葉しか出てこなかったけれど、素直な気持ちを言えば、アスランは屈託ない笑みを浮かべた。

夕食の皿が引かれ、菓子を盛った皿が運ばれてきた。中央にはバクラバが積まれ、熟れた果実に囲まれている。

「目移りしてしまいます」

砂糖や蜂蜜がふんだんに使われた菓子類に敵《かな》うほど甘い果実もそうない。セナはいちじくから食べたけれど、アスランはお待ちかねのバクラバだけを食べている。

「本当に一週間ぶん召し上がるのですか」

味を称賛しながら勢いよく食べる姿に驚いて訊けば、チャイで口を潤してからアスランは答える。

「召し使いにも食べさせてやりたいから、すこしは残しておくつもりだ」

アスランが食べずに残せば、召し使いも遠慮なく王宮の美食にありつける。下働きにまで気遣うなんて、本当に民思いの国王だ。

国王としての手腕は歴代国王に遜色《そんしょく》なく、むしろ称賛の声は高まるばかり。そのうえ逞しい美男だ。アスランの后《きさき》になりたい女性は数えきれないだろう。平民の騎士で、女性でもなく、后の座にまったく関係のないセナでさえ、眩しいほどの魅力を感じているのだから。

アスランの大好物を最後に食べると、口の中にしっとりとした甘さと香ばしさが広がった。確かに一週間ぶん食べたくなる味だ。バクラバはミラの好物でもある。一度はこの味を食べさせてやりたいと思うけれど、それが叶《かな》うことはきっとない。

しばらく会えていないミラのことを思い出し、心に寂しさが一滴落ちて波紋を作った。それを隠して、笑顔で夕食の礼を言おうとしたとき、食台が引かれ、代わりに飲み物が出された。

「これはなんでしょう」

「薔薇《ばら》の花弁の蒸留水と、果汁と蒸留酒を混ぜたものだ」

透き通った青の酒器には、見たことのない酒が入っていた。

「酒は好きか」

「あまり馴染《なじ》みがありません」

慣れた様子で酒器を口に運ぶアスランに倣って、すこしだけ口に含むと、柑橘《かんきつ》類の酸味と薔薇の香りが口内に広がった。

「とても美味しいです」

酒場に行くくらいならすこしでも貯金をして退役に備えたい。何をするにも将来のことを考えていたから、遊びどころか酒の味も知らないままだ。

「騎士団長から聞いたとおりの、真面目《まじめ》な騎士というわけだな」

団長から聞いたとは。セナの生活と勤務態度のこと以外に、オメガであることも伝わっているのだろうか。

不安を隠すように酒器を唇にあてがうと、胸の内を知らぬアスランは、

「なぜ騎士になったのだ」

と訊いてきた。

その表情を見る限り、セナがオメガであることは想像もしていないようだった。むしろ優等騎士なのだからアルファだとすら思っているようだ。

「私は寺院の孤児院で育ちました。アスラン陛下より二代前の国王陛下が私財を投じて建

てくださった孤児院だと知って、アルバール国に仕えたいと考えるようになりました。孤児院ができるまで、私のような孤児は物乞《ものご》いをするか奴隷になるしか生きる道がなかったですから」

「俺も尊敬する、先見の明に富んだ偉大な王だ。セナのように優秀な民が育って、祖父も喜んでいるだろう」

力強い眼差しでセナを見つめてから、アスランは飾り枕に頭を預けた。空を見るよう仕草で誘われ、セナも隣で横になる。

「国王は逝去の後、空に輝く星になるといわれている。だが空にある星は数えきれない。国王の友や臣下、慕ってくれた民も星になり、傍で輝くのだと俺は思っている」

視界いっぱいに広がる星空を見上げ、そんなことを言いだしたアスランは、大きな星を指さしては、歴代国王の名を口にする。

発展を続けるアルバールの歴史に名を残す、偉大な国王になりたい。そんな夢を語るアスランの男らしい声を聞いているうちに、急に瞼《まぶた》が重くなってきた。話がつまらないわけでは決してない。なのに、この眠気は抗いようがない。そろそろ退室したいと言おうとしたけれど、間が摑《つか》めないままとうとうセナは眠ってしまった。

目が覚めたのは明け方だった。見慣れない天幕に居場所がわからなくなり、数拍呆《ほう》けてから横を見るとアスランが眠っていた。無防備な国王が豪奢な毛布にくるまっている姿を見て、セナは跳び上がりそうなほど驚いた。同時に、アスランの話の途中で眠ってしまったことを思い出し、露台で寝てしまった自分のために天幕が張られたことにも気がついた。

とんでもない失態に慌てふためいていると、アスランが目を覚ました。

「よく眠れたか」

「はい。お話の途中で眠ってしまい、ご無礼を――」

「たまにはこうして外で寝てみるのもよいな」

大きく伸びをするアスランは、セナに詫びる間を与えないつもりのようだ。

「酒は飲み慣れていないのだったな。眠気はそのせいだ」

セナが何に詫びようとしていたのかもわかっているようで、アスランは問題ないと笑う。

「すこしずつ慣れていくといい。航海に出ると酒以外に飲めるものがない場合もある。いつか俺と共に船に乗るかもしれない。訓練と思って、機会があれば飲んでみろ」

近衛騎士として必要な技量だと言われれば、慣れる努力はすべきだろうけれど、酒場に通う時間もないし、一人で行きたい場所でもない。

了解したと言いながらも困っていると、ぽんと肩を叩《たた》かれた。

「心配するな。俺がその機会を作る」

白い歯を覗かせるアスランを見ていると、セナも自然と笑顔になっていた。

「今日も一日セナと話していたいところだが、そろそろ早朝の番の近衛騎士が来る。贔屓《ひいき》と思われて角が立っては困るから、秘密の通路から部屋まで連れていこう」

そう言って、傍に置かれていた檸檬《レモン》水を飲んだアスランは、セナの手を取って立ち上がる。

「こっちだ」

手を引かれるままついていくと、アスランは壁に同化していた扉を開けた。奥には細いらせん階段があって、一階に繋がっている。

「万一のための避難通路だ。下からは入れないから覚えておくといい」

「はい。陛下」

一段一段の幅が狭く、足元に注意しながら必死についていくこと百段以上か。さすがに息が上がったころにやっと、出口に辿り着いた。

「慣れないと目が回る」

出口を開けながらそう言われ、視線を上げると、急に足元がふらついて、思いきりアスランにぶつかってしまった。

どんっと音が鳴るくらい強く額をぶつけたのは、鍛えられた胸だった。

「申し訳ありません」

離れようにも目が回っていてできない。羞恥心《しゅうちしん》から額を預けたまま俯《うつむ》くと、アスランは声を上げて笑う。

「練習していなければ、俺だって目が回る」

緊急事態にも備えているとは、どこまでも勤勉な国王だ。恥ずかしさのあまり、見当違いなことを考えていると、アスランが顔を寄せてきた。

「やはり良い匂いがする。香でなければ石鹸《せっけん》か？」

匂いについて言われたのはこれで二度目だ。もしや本能的にアルファ性がオメガ性を嗅《か》ぎつけたのだろうか。

不安になり身体を離すと、アスランは眉尻を下げる。

「すまない。知らないものがあると知りたくなる性分なのだ」

悪気はないと言って、アスランはセナの手を引いたまま外へ出た。そして、開放的な渡り廊下の垂れ絹に隠れるように走って、セナの部屋に一番近い出入口を目指す。

「幼いころは、飽きることを知らずにこうして王宮を走り回ったものだ」

子供のころを思い出し、無邪気な表情で振り返ったアスランの中に、少年の心が見えた気がした。屈託ない笑みはセナも笑顔にする。

「とても清々《すがすが》しいです」

「そうだろう。人気のないときが、一番気持ちが良い」

真っ白の垂れ絹が風に揺らぐ様は幻想的で、その中を駆け抜けるのは爽快《そうかい》だった。この瞬間は二人だけの秘密なのだと思うと、胸の中がくすぐったくなる。

アスランのおかげで、最短距離でセナの部屋に一番近い出入口に着いた。廊下の柱に隠れてセナの顔を知っている者がいないか確認してから、アスランはセナに向き直る。

「ここから部屋に戻るといい。朝食にも間に合うだろう」

「ありがとうございます」

頭を下げてから部屋へ足を向けると、腕を摑まれた。

「楽しかった。また来てくれるか」

遠慮もせずにたくさん食べて、酔って眠ってしまったのに、アスランは言葉どおりの笑顔を向けてくれる。

「もちろんです」

笑顔で頷けば、アスランは破顔して、そっとセナの背中を押した。

足音を立てないように注意して走り、部屋へ入ると、廊下から近衛騎士の声がした。早朝の番で国王の部屋へ向かったのに、アスランが不在で慌てて王宮内を探していたようだ。

「考えごとをしていたら、こんなところまで来てしまった」

堂々とそんなことを言うアスランの声が聞こえ、セナは思わず小さな声を上げて笑った。

「ふふっ」

まるでいたずらに成功した気分だ。

騎士になってから、こんなに楽しい日はなかった。規則や身分を一時隅に置いて、美しい景色を見ながら食事をしたり、主君の前で寝てしまったり。ミラの親であることどころか、騎士であることを忘れて笑ったことはなかった。

またこの楽しい時間が来るかもしれない。期待で胸がいっぱいになり、それがとても心地よかった。


アスランが剣術の練習のために時間を設けた。今日こそ手合わせができるかもしれないと胸を膨らませていると、思いがけないことが起こった。

「今日はセナが余の相手だ。ついてこい、セナ」

普段の練習場である中庭には、側近と近衛長、セナともう一人騎士がいるのに、アスランはセナだけを連れてどこかへ行こうとする。

「陛下、どこへ行かれるのですか」

すかさず側近が止めると、アスランはさも当然のように答える。

「セナに惨敗するか、手心を加えて勝たせてもらうか。どちらにしても情けない姿を見られるのは居心地が悪い。隠れさせてもらうぞ」

「しかし陛下――」

食い下がる側近に掌《てのひら》を向けて制止したアスランは、近衛長を見据えた。

「近衛長、セナは近衛騎士の中でも秀でた剣士だと言っていたな」

「左様でございます、陛下」

「近衛騎士は精鋭の集まりだったはずだ。ならば、警備兵に守られた王宮内を移動するのに、精鋭の中でも優秀な騎士が傍らにいて何か不安はあるか」

「いいえ」

近衛長の答えに満足した様子のアスランを、もう誰も止められなかった。

「お前たちは菓子でも食べて待っていろ」

この言葉を合図に、侍従たちが中庭の端に茶の席を準備しはじめた。続々と菓子類が運ばれてきて、側近も断るに断れなくなっていた。

「では行こう」

「陛下、近衛長はああ言ってくれましたが、私は新入りです」

過大評価だと言っても、アスランはどこ吹く風と歩き続ける。

「近衛騎士も互いを相手に剣術の練習をするだろう。その成果は近衛長から聞いている」

騎士団にいたころは確かに団内で一、二を争う腕だと自負していたが、近衛騎士が相手となると、学ぶことはまだまだあると感じる。近衛長はきっと、アスランの采配《さいはい》を称《たた》える
ためにセナを褒めてくれているから、こうも持ち上げられると困ってしまう。

いつにも増して周囲に警戒しながらアスランを追うと、等間隔の植木の向こう側に、支
柱のあいだが垂れ幕で覆われた東屋《あずまや》が現れた。

「セナの腕を信用しているのもそうだが、何よりも二人きりになりたかった」

どうして自分と二人きりになりたいのだろう。その理由がわからなくて、胸が落ち着か
なくなった。そこへ肩に手を回されて、心臓が跳ねる。

「ときには休息も必要だろう」

アスランは垂れ幕を押し分け、東屋の中をセナに見せた。そこには、脚を伸ばして座れ
るほど座面の深い長椅子があり、中央には菓子類と果実が盛られた盆があった。垂れ幕の

反対側は庭園が見渡せて、広い庭園には人一人の姿もない。

「日中に休みたいときもある。だから今日はこうして準備をさせた」

手を引かれ、長椅子に腰かけると、寝台のように柔らかくて驚いた。隣に座ったアスランは本当に疲れていたようで、グドラを取り、飾り枕に背を預けると、今にも眠ってしまいそうな表情になった。

「生まれてこのかた、どこへ行くにも常に護衛や側近がついてきた。守られていると同時に自由も失われる。それが身分だと理解しているが、どうしても抜け出したくなるときがある」

民から称賛される国王に、こんな悩みがあるとは思ってもみなかった。近衛騎士として傍にいて、アスランが一人になる時間がほとんどないことはわかっていたけれど、不自由を感じさせる原因になっていたとは考えたことがなかった。

どうしても一人になりたくて、けれどできず、一人だけ護衛を連れるのに、自分を選んでくれた。その理由が気にならないといえば嘘《うそ》になるが、今はアスランが癒《いや》しのときを過ごせるようにしたい。

アスランは用意されている菓子に手をつけようとしない。覇気が欠けているのもあり、体調が心配になったセナは、アスランの頬に手をあてがってみた。

体温が高いようには感じられず、ほっとして手を引けば、なぜか嬉しそうに笑んだアスランは身体を倒し、セナの膝に頭を預けた。

「陛下……」

「セナが傍にいると落ち着く。欲しいときに手を差し伸べてくれるからだろうか」

ほっと安堵の溜《た》め息《いき》をつく姿を見ていると、アスランは誰かに甘えたかったことに気づいた。

アスランが即位したのは十六歳のとき。大人を頼って徐々に巣立っていくはずの年頃から大国の王としての責任を負ってきたせいか、甘えられる相手がいなかったようだ。

セナはある意味型破りな新米近衛騎士だ。身分と階級の差は理解していても、貴族家出身者のように骨身にまで浸みていないから、考える前にアスランに触れてしまうことがある。アスランはそれを心安いと感じているのだろう。

堂々として気高い姿は、国王になるべくして神に選ばれた存在としてふさわしいものだけれど、その内側には人間らしい柔らかい部分がある。そのどちらも知ったと実感した途端、胸の奥に初めて感じる疼《うず》きを覚えた。

心臓の傍に生まれた感覚がなんなのかはよくわからない。けれど、一つはっきりわかるのは、できる限り癒してあげられればと願う自分がいること。

アスランの波打つ黒髪を無意識に撫《な》でると、休息を求めていた国王は心地よさそうに目を閉じた。セナはそのまま優しく髪を撫でながら、穏やかな声で言う。

「陛下のお忙しさには驚かされます」

「王は玉座に座って一日を終えると思っていたか？」

嫌味ではなく、単純に権力者に対する一般的な印象を知っているという口調だったが、セナは思わず苦笑した。

「すこし考えればわかることなのに、陛下の日常はもうすこしゆとりのあるものだと思っていました」

「一日が執務で埋まることに抵抗はない。アルバールをより良き道へ導くために、俺は神に選ばれたのだ。だが、ときどきこうしてセナの慈悲に甘えられると、充実した日々がより満たされるものになる」

大袈裟《おおげさ》だと思うと同時に、なんの取柄もない自分に寄る辺を求めるアスランがすこし寂しく感じられた。

「私の膝でよければ、いつでもお貸しします」

そう言って微笑みかけると、アスランは手を伸ばし、セナの顎《あご》に指先で触れた。

「今夜も夕食の席に来てくれ」

どこかねだるような声音で言われ、セナは迷わず頷いた。

「もちろんです、陛下」

笑顔で答えると、アスランは満足そうに目を瞑《つぶ》り、膝の上で頭を軽く左右に揺らした。

そして心地いい体勢を見つけると、短い昼寝をするのだった。


アスランに指名される形で毎日日中の護衛につき、ときどき夕食に呼ばれたり、隙を見ては二人だけの休息についたり。休日を貰えないまま日々はあっという間に過ぎ、セナが近衛騎士になってから三か月近く経とうとしていた。

そろそろ発情期が来る。焦りが募りだしたころ、騎士団長から手紙が来た。そこには、発情期周辺でセナを王宮から出す手立ては見つからなかったと書かれていた。

今の上官は近衛長だから、騎士団長に打てる手がないのは当然のこと。心遣いに感謝していると返信して、セナは自分で解決できない場合、退役する覚悟を決めた。

考えられる手は一つだけ。三か月休みがなかったぶんを、一纏めにしてほしいと言うことだ。無理は承知だが、訊いてみるほかにない。

近衛長ではなく、直接アスランに言ってみることにした。了承してもらえた場合、角が立たぬよう近衛長に休暇の指示を出してくれると見込んでのことだった。

夕食に呼ばれた際、思いきって頼んでみると、アスランは理由を訊くこともなく快諾してくれた。

「毎日顔が見たくて、必ずセナを護衛につけるよう近衛長に指示をしたが、無理をさせていたな。気づかずにすまなかった」

「いいえ。学ぶことがたくさんあって、休みを頂ける立場でもなかったですから」

「疲れさせては毎日見たいこの美貌《びぼう》もくすんでしまう。八日の休暇をやろう。ゆっくり休むといい」

誰もが羨む美男であるアスランに容姿を褒められるのは慣れないが、快く休みの許可を貰えて、自然と笑顔になっていた。

「恐れ入ります」

八日もあれば、発情期をやり過ごすだけでなく、ミラに会いにいく時間もある。

一安心して休暇を指折り数えて待っていたが、アスランに正直でない自分にもどかしさを覚えた。平民の自分を抜擢し、心を開いてくれているひとに対し、隠しごとをしているのが心苦しくなってきたのだ。

けれどやはり、オメガであることを話す勇気は出ない。騎士団長が隠してくれた、本来なら騎士失格の事実を、自分から打ち明けるのはどうしてもできなかった。

休暇を明日に控えた夜、アスランに呼ばれた。セナは最近、女性が身につける目元以外を隠す布を纏ってアスランに会いにいくようになった。

騎士としては小柄でも、平均的な女性より体格は大きい。けれど慣習として、男性は話す用がなければあまり女性を直視してはいけないから、この布を被って女性のふりをしていると、誰も話しかけてこないしセナだと気づけるほど長くこちらを見ないから便利なのだ。

今夜は初めてアスランの部屋に呼ばれた。騎士の中でも近衛長だけしか呼ばれることのない私室に個人的に呼ばれ、表し難い気分になる。

アスランと二人きりになるたび、身分を越えた友情というには複雑で、熱くもある心緒を抱くようになった。その正体はいくら考えてもわからない。ただ、立場を忘れた途端にこの不思議な感情が溢れてしまうことだけは、漠然と理解している。

自分の気持ちなのに釈然としないが、深呼吸をして気を静めた。そして、アスランの部屋の前に立つ。

待ち構えていた侍従が扉を開けてくれ、セナは挨拶をして中に入った。

「失礼します」

国王の部屋には居間、書斎、祈りの部屋、浴室、衣裳部屋、そして寝室がある。入ってすぐの居間はそこだけでも広く、調度品も煌びやかで贅沢な空間だ。色硝子《ガラス》を組んで模様を描いた扉の向こう側には大きな露台があり、王都が一望できるようになっている。

食事は済ませている時間だから、食後のチャイと茶菓子が準備されていると思っていた。けれど、居間にも露台にも、その様子はない。一瞬は不思議に感じたが、国王に呼ばれて食事や菓子が待っていると思うようになったことがそもそもおかしいのだと気づく。

慣れとは恐ろしいものだと内心自嘲《じちょう》していると、奥からアスランが現れた。

「待っていたぞ」

今夜のアスランは、入浴を済ませたのか室内着を纏っていて、普段身につけている家宝の宝飾品を一つもつけていない。もしや就寝のために膝を貸すよう言われるのだろうか。目元以外を隠す布の下には正装のカンドゥーラを着てきたので、膝枕をするには少々畏まりすぎている。小さく困惑するセナの顔を覆っている布を、口角を上げたアスランがそっと取り去った。

「毎日顔を見ているのに、こうしてセナの美を暴くと特別な気分になる」

瞳の中心を射抜くようにセナを見つめるアスランの双眸には、今まで見たことがない熱が宿っている。鼓動を急《せ》かす視線が何を意味しているのかわからず戸惑っていると、アスランはセナの首元の飾り紐に触れた。そしてじっくりと時間をかけて、その紐を解いていく。

「明日からについてだが」

「はい」

なぜ飾り紐を解くのだろう。膝枕のために着替えると推測するにはアスランの手つきは意味深く感じる。意図がわからず、動けないでいるセナをよそに、紐を解き終えたアスランは、立て襟の釦《ボタン》を撫でた。

「俺も休暇を取ることにした。離宮で過ごす準備もさせている」

同じときにアスランも休暇を取るなんて聞いていなかった。不思議に感じていると、不敵な笑みを向けられた。

「セナも一緒に来るのだ。騎士ではなく客人として過ごすといい」

言われた意味がすぐには理解できず、数拍呆けてしまった。セナの反応は予想していたのか、アスランは安心させるために肩を撫でてくる。

「休みの日には孤児院を手伝いにいくと聞いている。今回の休暇は代わりの者を手伝いに向かわせるから、セナは羽根を伸ばすことだけを考えていればいい」

孤児院を手伝うというのは、騎士団長がセナについて話したときに、ミラに会いにいくことを怪しまれないように言ったことだろう。代理を遣わせるということは、アスランはセナに離宮での休暇を楽しませるために、細部まで手配してくれているようだ。

それほどまでに、自分とのあいだに心の繋がりを感じてくれているとは、思ってもみなかった。喜びと悔しさが同時に湧《わ》きあがり、セナを苛《さいな》む。

手放しに離宮での休暇を喜べればどれほど幸せだっただろうか。

オメガという秘密さえなければ。発情期がなければ。

覆せない現実は、離宮へ誘われた嬉しさを粉々に蹴散《けち》らす。

「私は陛下の客人になれるような身分ではありません」

状況として断るという選択肢はないだろうけれど、考えつく限りの言葉で辞退しようとした。だが、理由を知らないアスランは仕方なさそうに笑う。

「その慎ましさは気に入っているが、俺と二人きりのときに気を許したセナのほうがより魅力的だ」

本音と裏腹の言葉を慎ましいと言ってくれ、そこに魅力を見出してくれるひとが目の前にいるのに、正直になれないことが口惜しい。

真実を話すときが来たのだろうか。一瞬頭をよぎったけれど、どうしても覚悟ができない。

オメガだと知られたら、今まで人として慮ってくれたアスランも、もうあのまっすぐな目で見てくれなくなるかもしれない。事実を隠して騎士を続けてきた罰を受けるよりも、アスランに蔑《さげす》みの目で見られることのほうが怖くなった。

何も言えず、目を伏せると、顔を覗きこまれてしまう。

「まさか男に惚《ほ》れるとは思ってもいなくて、己の感情を理解するまでに時間を要した。だが、身も心も美しいお前には抗えない」

躊躇いなく言われ、セナは言葉を失った。まさか、アスランに恋情を寄せられる日が来るなんて。

心の中に初めて感じる熱が湧く。それが、敬愛するひとに何よりも特別な感情を向けられる喜びだと理解するのに、時間はかからなかった。

ただ、その喜びを言葉にできなかった。重大な秘密を抱えながら、主君の想いにどう応《こた》えればよいのか。どれだけ考えても答えは見つからない。

セナの反応に気を悪くする様子はまったくなく、むしろ喜びを受け止めきれずにいる姿に、アスランは満足そうな笑みを浮かべている。

「セナが女なら、今すぐにでも、いや、もうすでに后にしていただろう。俺の世継ぎを産めないのが残念だ」

言われた瞬間、オメガの性に生まれたことに、意味を感じそうになった。男だけれど、もし本当にアスランに愛されたなら、世継ぎを産むことができる。

一瞬そんなことが頭をよぎった。けれど、自分の中の冷静な部分が、何を馬鹿な、と否定する。

居場所もわからない番がいて、一緒に暮らせていない娘がいて。アルファの子を孕《はら》める身体である以外、アスランにふさわしい要素が一つもない。

アルバールの女性が目元と手足以外を隠して生活するのは、婚姻までの処女性が重要視されているからだ。望んでいなかったとはいえ穢《けが》されてしまい、番までできてしまった自分は、国王に触れてもらえる身体ではない。

呪《のろ》っても呪いきれない事実があらためて憎くなった。表情を見られないように俯けば、顎を指で押し上げられた。

熱い視線が、唇から首元へ落ちた。アスランの長い指先が、立て襟をとめ合わせている釦を外す。

「世継ぎのことはどうしようもなくとも、俺はセナを傍に置くつもりでいる」

開いた襟のあいだに見えた肌を、目的を持った指先が撫でた。

アスランが何を求めているのか、やっとわかった。今夜、セナと契る気でいる。

「陛下……」

胸の一番奥にある純粋な感情は、アスランに求められることに歓喜して今にも震えそうだ。この瞬間まで主君としてしか見ていなかった、否、見るしかないと思っていたけれど、本当はアスランに恋情を抱いていて、それが叶うならどれほど幸せだろうか。

けれど、その幸せは絶対に手に入らない。身分だけではない、自分を囲むすべての状況がそう言っている。

叶いかけたように見えた恋は、最初から成就するものではなかった。心が悲痛な涙を流すのを必死で隠せば、アスランは彼の健康的な唇をセナのそれに寄せる。

「私は……」

唇が重なる寸前、胸の痛みを抑え、震える声を放った。

「私は、騎士として陛下と国のために命を捧げる覚悟です。ですが、私自身を陛下に捧げることはできません」

言いきった瞬間、涙が零《こぼ》れそうになった。奥歯を噛みしめてなんとか堪《こら》えると、揺れる視界に静かに憤るアスランの表情が見えた。

アスランの気持ちを知らなかったとはいえ、振り返ってみれば随分無防備で思わせぶりな態度を取っていた。それでなくても、国王は意志を阻まれることがないのだから、アスランの怒りも当然だ。

険しい視線は刺すように胸を痛める。けれど、セナにできることは騎士として耐えることだけ。

「申し訳ありません」

本当は想いが通じていたことに舞い上がりたいのも、なぜそれができないのかも、言葉にできず口を噤《つぐ》めば、アスランは期待を裏切られた不満を露わに、寝室へと消えていった。

とり残されたことにもしばらく気づけないほど、全身が無感覚になっていた。煌びやかな居間のどこに焦点を当てるでもなく、ただ立ち尽くしていると、急に頬が濡れた。反射的に手の甲で拭《ぬぐ》ったけれど、涙は止まらず、何度拭っても頬を濡らし、ぽたぽたと雫《しずく》が落ちていく。

考えたって意味がないのに、もし番がいなければと絶望的なことばかり考えてしまう。もし躊躇うことなくオメガであることを話せたら、アスランへの想いは叶ったのではないか。もしアスランが初めてのひとだったら、臆《おく》することなくこの身に触れてほしいと言えたのではないか。

ミラがいなければとは絶対に考えない。孤児だった自分が授かった、たった一人の家族だから、ミラの親でない仮定など立てる意味がない。

けれどやはり、セナ・シーパという一人の人間は、アスランと気持ちを通わせる幸せを知りたかったと泣いている。

二色の大理石で模様が組まれた床に、いくつも涙を落とした。嗚咽《おえつ》を上げそうになり、耐え切れなくなったセナは、国王の部屋を飛び出し、秘密のらせん階段を駆け下りて宮殿の外へ出た。そして立ち止まることなく庭を抜け、王都の街並みへと走っていった。


八日後に王宮に戻るべきなのか、永遠に続くのか判断のつかない休暇が始まった。国王の機嫌を損ねただけでなく、好意を無下にした自分はもう、近衛騎士どころか王属騎士団にも戻れないかもしれない。不安と落胆が頭を支配しそうだけれど、セナは朝一番に孤児院へ向かった。

自分に何が起こっていようと、ミラまで不安にさせるような態度はいけない。孤児院の玄関でミラが出てくるのを待っているあいだ、セナは心の平穏について語る聖典の一部を心の中で唱えた。

職員に連れられて出てきたミラは、セナの顔を見るなり駆け寄って抱きついてきた。週に一度会えていたときは笑顔で挨拶をしたのに、しばらく会えなかったからか、すこし不機嫌で、それ以上に甘えたそうだ。

「会いにこられなくてごめんね」

しゃがんで抱き寄せると、思いきり体重をかけてきたミラがぽつりと、

「いいよ」

と言って許してくれた。

「今日は馬に乗って海を見にいこうか」

貿易船が並ぶ港を散策するのもいいけれど、馬を借りれば静かな岸辺に行ける。初めての乗馬に、ミラは目を輝かせる。

「行きたい」

「決まりだね。さあ、馬を借りにいこう」

まだまだ小さい手を握り、まずは昼食の調達をした。ナツメヤシの実や焼き菓子を買って、水袋もいっぱいにしてから貸し馬小屋に行った。そして気性の穏やかな馬を借りて、のんびりと浜辺を目指す。

王都の関所を抜けて西に進めば、長い海岸線が続いている。遠くに見える船の帆や、渡り鳥を馬上から見ているあいだに、ミラはすっかりご機嫌になった。

昼食を食べたあと、まだ陽が高いうちに折り返し、今度は丘を通って王都に戻った。と

きどき見える動物たちの数を数えたり、木の実の形や色を口にしたりと、終始楽しんでいたミラは、王都に戻るころにはくたくたで、馬上で寝てしまいそうだった。

発情期を過ごすために借りている小屋で昼寝をして、夕方まで市場を散策していると、セナは独特の倦怠感《けんたい》を覚えた。半日中には発情期が始まると身体が知らせている。孤児院へ送っていくと、ミラはまた寂しそうな顔をした。

「今度はいつ会いにきてくれる？」

三か月以上顔を見なかったせいで、ミラはまた長いあいだ会えないと思っているようだ。

「七日以内に会いにくるよ」

近衛騎士か騎士団か。戻れるかどうかに関係なく、発情期さえ終われば必ず会いにこられる。

「約束ね」

「必ず守るよ」

深く頷けば、ミラはセナに抱きつき、頰を重ねた。そしてにこっと笑って、職員と共に孤児院の中へ入っていった。

孤児院を出ると、セナは急いで干し果実や木の実を買いにいった。持てるだけ買って小屋に戻ると、身を清めて発情期に備える。

四日ほどは行き場のない不快な欲求に耐えなければならない。食事に出かけるのも不可能だから、水瓶《みずがめ》を満たして日持ちのする食べ物を五日分揃《そろ》えておく。

井戸水で甕《かめ》を満たしたときだった。小屋の外で馬の足音がした。

セナの小屋は小さな家が密集して並ぶ、王都の中でも貧しい地域にあるから、馬が通ることはほとんどない。憲兵が盗人を探しているのだろうと思っていると、何者かが小屋の扉を開いた。

憲兵かと思いきや、入ってきたのは騎士団長だった。驚きに目を見開いたセナを、騎士団長はなぜか心苦しそうに見る。不安に駆られた直後、聞き覚えのある金属音がした。

はっとして背筋を伸ばすと、古びた玄関からアスランが入ってきた。硬い表情からはなぜここに来たのかわからず、困惑しながらもセナは屈んで頭を下げた。

「国王陛下」

「騎士団長から話を聞いた」

なんの話かは訊かずともわかった。セナがオメガである事実についてだ。それを知ってなぜアスランがこの小屋に来たのかわからない。ただ、何を置いても、団長はセナのことを慮って隠してくれただけで、すべての要因は自分にあることを伝えなければならない。

「団長は私を不憫に思い、無理を聞いてくださっただけです。隠し立てをしたのはすべて

私の――」

団長に非はないと必死になるセナに掌を向けて制止したアスランは、冷静な声音で言う。

「命の恩があると聞いた。恩を忘れてしまうような者は我が騎士たちの上に立つべきではない。よって団長を咎《とが》める理由はない」

厚意を仇《あだ》で返すことにならずに済んでよかった。ほっとしたのも束《つか》の間、今度は、貧民街にある小屋までセナを探しにくるほど、アスランはオメガ性を隠していたことに憤っているのかと不安になった。

無意識に肩を竦《すく》めていると、アスランが上着を脱いで床に胡坐をかいた。絨毯ではなく安価な敷布の上なのに、蔑む素振りは一切ない。

騎士団長がアスランの斜め後ろで両膝をついて座ったのを見て、セナも同じように座ると、アスランが口を開く。

「オメガ特有の発情期を初めて迎え、オメガ性と知ったのは、騎士団に入ったあとだというのは本当か」

オメガ性の覚醒《かくせい》について検《あらた》めるのは、酌量の余地があるかを知るためかもしれない。本来なら懲罰に値する隠しごとだったのに、セナなりの理由を知ろうとしてくれる姿勢に痛み入った。

「はい。入団して三か月経ったころでした」

何を訊かれても正直に話そう。胸の内で自分に誓い、セナは次の問いに備えた。

「そのとき、アルファの騎士によって強制的に番にされ、子を宿したというのも本当か」

問う声には静かな憤りが感じられた。空気が重くなり、息が詰まるが、アスランの怒りは自分に向けられているようには感じない。

「はい」

事実だから肯定すれば、アスランは膝に乗せた手をきつく握った。俯いて何かを堪えるように眉を寄せ、短い息を吐いてからまた問いを投げてくる。

「なぜ子が生まれるまでオメガ性について上官に知らせなかった」

これについては、騎士を辞めたくないという勝手があったことを自覚している。けれど、諦めきれなかった理由も、知ってほしいと思った。

「私のような、剣術も馬術も知らない孤児が騎士になるのは、容易ではありません。自分で言うのはおかしいかもしれませんが、訓練所時代には血の滲むような努力をしたという自負があります。夢のまた夢だと思っていた騎士になれたのに、その道を閉ざされるには、私の身に起こったことはあまりにも酷でした」

訓練所に入ったとき、馬術の経験はまったくなかった。貴族家出身の経験者との差を埋めるため、当番でもないのに厩舎《きゅうしゃ》の手伝いにいき、馬手の信用を得て訓練外でも馬に乗せてもらえるようにした。他の者たちの何倍も剣を素振りして、まめが潰《つぶ》れた手で馬の世話をするのは辛《つら》かったけれど、努力は報われると信じて貫いた。

王属騎士団に入れたときは本当に嬉しかった。だから、どうしても諦めがつかなかった。

「才能溢れるセナが稀《まれ》に見る努力家であったことは訓練所時代に有名でした。訓練修了後、騎士団に呼び入れたのは、命の恩とは関係なくセナ自身の資質です」

団長が思わず助太刀《すけだち》してしまうほど、悔恨が表情に出ていたようだ。アスランも、セナの様子から努力を認めてくれたようだが、まだすこし納得するには足りないようだ。

「なぜ、子を孤児院に預け、騎士団に戻った」

「娘を産んだあと、私は長らく高熱を出し、意識が戻ったころには医者と乳母に対し借金を抱えていました。立ち上がれるようになったころには、騎士の報酬がなければ返せないほどに膨れ上がり、やむなく娘を孤児院に預け、団長にすべてを話しました。借金を返せなければ、初めて得た家族を売春街に渡さなければなりませんでした。それだけは絶対に避けたかったのです」

借金についてだけは団長に話していなかった。オメガでありながら騎士団に戻るだけでも過分に厄介なのに、借金があることまでは言えなかった。

セナの悲壮な過去に、アスランと騎士団長は同時に目を見開いて、苦しげに眉を寄せた。特に団長は、騎士団でのセナの努力を見てきたぶん、背負っていたものの重さを知って目元を赤く染めている。

「今まで騎士を続けていたのは、いつか娘と一緒に暮らしたいからです。発情期のせいで就ける仕事も限られます。団長の厚意に甘えられるあいだに騎士の報酬をなるべく貯めて、将来の生活費にしたかったのです」

身も心も崩潰《ほうかい》する寸前の状況で、必死に考えて選んだ道だ。恥じることも悔いる必要もないと信じている。ただ、あのころの絶望感を思い出すだけで、今でも胸が酷《ひど》く痛むのは変わらない。

目元が湿ったのを隠すように俯けば、アスランが掌をきつく握り直すのが見えた。

「番の所在は知れないままか」

低い声で団長に訊くアスランは、セナの置かれている状況の詳細を一度聞いて、番が行方知れずとわかっているはずなのに、番を今すぐ連れてこいと言いたげだ。

「無断で離団した規律違反で手が空いている者に探させましたが、どうやら王都を出て身を隠しているようで、見つかっておりません」

団長の答えを聞いて、アスランは眉間《みけん》に深い皺《しわ》を寄せて歯を食いしばった。さっきから見え隠れしている怒気の的は、番のヤウズにあるようだ。

「姿を消した理由も知らんのか」

「賭博による借金があったことが関係しているかもしれません」

短い息を吐いて、今はどうしようもないヤウズのことを頭から追い出したアスランは小屋を見回した。発情期のためだけに借りている小屋だから、古くて狭くて、そのぶん賃料は安価だ。寝床と水と食料以外、何もない。

「いつも、ここで一人、発情期をやり過ごしてきたのか」

王宮の召し使いだってもっとましな住居を持っているはず。アスランにとっては、寝食の場所として想像もしたことがないような小屋だろう。

「はい」

たった一つの希望を叶えるためだ。発情期は毎回辛くて、やり過ごす環境も正直惨めだけれど、恥じることはない。

もう一度小屋を見回したアスランは、決意の強さを認めたように目を閉じてから、団長を振り返った。

「王宮へ戻るぞ」

今までオメガ性を隠していた咎めはないのだろうか。騎士を続けてもよいのだろうか。

意向が知れず戸惑うセナを視界の端に捉えながら、アスランは仕草で団長に馬の準備を始めさせた。

団長が外に出たのを見て、アスランはセナに詰め寄る。

「昨夜《ゆうべ》俺を拒んだのは、番と娘が理由か」

静かな声音の裏に、セナの気持ちがそこにないかもしれないことへの不安が見える気がした。昨夜セナを置き去りにしたのも、好意を寄せてくれたぶん、憤懣《ふんまん》が態度に出てしまったただけなのがわかる。

なぜかはわからないけれど、アスランの気持ちが頭の中に流れてくるような気がした。

今この瞬間、目の前にいるのは、国王でなく一人の男だと本能的な何かが知らせる。

途端に、諦めたはずの感情が胸の底から溢れだした。もう隠すことは何もない。だから、この気持ちを知ってほしいと、心が叫ぶ。

「本当は、陛下のお気持ちが言いようのないほど嬉しかったのに、伝えられなかったことがとても辛かったのです」

国王と恋をしてもいい立場ではないけれど、アスランへの想いはまぎれもない真実だ。

溢れだす熱い感情を知ってもらえるだけでいい。まっすぐ見つめれば、アスランは覚悟を決めたように頷いた。

「一緒に王宮へ帰るぞ」

手を取られ、セナは焦った。気づかれていないようだが、もう発情期の兆候が出ている。

「明け方には発情期が始まると思います。終わるまで待っていただけませんか」

「セナが住むべきは王宮だ」

近衛騎士に戻れるということだろうか。それなら嬉しいけれど、発情期のあいだは他の誰とも会いたくない。

「発情期には、人と近づくのを極力避けています」

戸惑いを隠せずに俯けば、頬に手が添えられて、自然とアスランを見上げていた。

「やっとセナを囲む状況を飲み込めたばかりで、どういう立場として王宮に連れ帰るべきか考えあぐねている。だが、俺の傍にいてほしいのは確かだ。娘と一緒に暮らしたいという望みも必ず叶えよう。だから今は、俺の庇護《ひご》のもと、客人として穏やかに発情期を過ごすといい」

アスランの客人ということは、貴族と同等の待遇にあずかるということ。そのうえ、落ち着けばミラと一緒に暮らせるようになるなんて。

ずっと、重大な隠しごとをしていたのに。その理由を訊《たず》ねてくれて、手を尽くしてくれようとするアスランの気持ちが嬉しくて堪《たま》らなかった。

「行くぞ」

「はい」

手を引かれて外へ出ると、近衛騎士が五人もいた。国王が外出するのだから当然のことだけれど、自分のために馬を走らせてきたのだと思うと申し訳ない気分になる。

どう挨拶をすべきなのか迷っていると、アスランが頭に被っていたグドラを外し、セナの頭に被せた。そして目元以外が見えないように鼻から下を覆う。

グドラは一枚の大きな布だが、これを被ってこその正装だ。なのに、アスランは健康的な黒髪を見せてでも、セナの顔を隠そうとする。

近衛騎士はセナのことをよく見知っているけれど、それでも隠すのは、セナの美がアスランだけのものだと示すためだろう。アルバールの男性は、自分の恋人や妻の美を他の男には絶対に見せない。

「急ぎ、客人のために離れの準備をするように伝えろ」

「かしこまりました」

セナの次に若い騎士が伝令を引き受け、即座に王宮へと馬を走らせた。客人がセナのことを指しているのは気づいているはずなのに、皆平然としている。

近衛騎士は職務上、王宮内の噂話や複雑な人間関係を嫌でも知ってしまう。それ故、憶測を立てず意見も持たず、中立かつ無関係であるのが職務の一部だ。その規則のおかげで、アスランと一緒に鞍《くら》を跨《また》いでも、なんの反応もない。皆の胸の内には本音があるだろうけれど、必要以上に肩身の狭い気分にならずに済んだ。

騎士団長を先頭に、王宮へ向かう。アスランに背後から包みこまれるかたちで鞍に跨がっていると、耳元で静かな声がした。

「昨夜、一度は寝所に入ったが、もう一度話すべきだと思って居間へ戻った。お前はもういなかったが、セナが立っていた場所に、雫がいくつも落ちていることに気づいた。そこでやっと泣かせたことを察し、涙の理由を一晩中考えた」

セナの抱えていた事情は想像もできなかっただろうに、一晩考え抜いてくれたことがとても心苦しく、けれど嬉しい。

「辛い気持ちにさせてしまったが、涙の理由が俺にあったことに安堵している」

溜め息混じりにそう言ったアスランは、体温を確かめるようにセナの手に彼のそれを重ねた。そしてしっかりと手を握ったまま、離そうとしなかった。

気まぐれや気の迷いでは説明のつかないほど想われている。王都の陰のような貧民街まで探しに来てくれたこともだけれど、セナの本心を知って安堵する姿に、熱く深い感情を知らされる心地だった。

「隠し立てをして、申し訳ありませんでした」

オメガ性に生まれたことを隠さなければ、アスランに出逢《であ》うことはなかった。そんな順序は、今はどうでもよくて、正直でいられなかったことを心底悔いた。

「言えなかっただけなのは、わかっているつもりだ」

静かな声でそう言って、騎士失格の秘密を抱えていたことを、水に流してくれた。

王都を抜け、丘を登り、王宮の門前で騎士団長とは別れ、近衛騎士に護衛されたまままっすぐ離れに向かった。

国賓を迎えるために作られた離れは客人専用の小さな宮殿のようで、一棟の中に居間や寝室、広い浴場、祈りの部屋や庭まである。庭は白い壁と垣根で他から隔離されていて、国王もしくは客人の許可がなければ誰も入ってこられない。

存在は知っていたが、この離れには入ったことがなかった。近衛騎士は離れの中までは入ってこず、アスランに連れられるまま初めて足を踏み入れると、数人の召し使いが忙しく動き回っていて、すでに菓子と果実の盛り合わせや飲み物、寝所の支度が済んでいた。

「しばらくはここで生活するといい。必要なものがあればなんでも言え。遠慮はするな」

高い天井から吊り下げられた装飾灯は見惚《みと》れるほど美しく、室内の調度品はアスランの部屋にあったものと同等の気品を放っている。

本当にこの離れを使ってもよいのだろうか。小屋で発情期を迎えることに慣れすぎて、目の前の光景が信じられない心地だ。

庶民向けの安価な衣服にアスランのグドラを頭に巻いているというちぐはぐな格好では、無暗に歩き回るのも失礼ではないかとまで感じる。戸惑うセナをよそに、アスランはセナに付く召し使いを選んだ。

「俺がいないあいだは、用があればこの者たちに言うのだ。よいな」

「はい」

選ばれたのは比較的老齢な二人の女性と男性一人だが、この男性はおそらく去勢されている。

女性に仕える召し使いはほとんどが女性だけれど、力仕事に男手が必要なときもある。そういった場合に去勢された男性が召し使いになる。それもすべて女性の貞操を守るための、アルバールの厳しい掟なのだが、セナにも同様の措置が取られるようだ。

アスランが寝室に足を向けると、召し使いが大きな二枚扉を開けた。中に入ると、天蓋《てんがい》付きの寝台があり、姿隠しの垂れ絹まである。

「セナが寝所にいるあいだ、召し使いは許可なく立ち入らない。用があればこの鈴を鳴らせ」

「わかりました」

「これからは、俺と馴染みの召し使い以外には素顔を見せるな」

「はい」

顔を隠し続けなければならないのなら、騎士にはもう戻れないのだろう。必死の思いで騎士になったから、寂しさは否めない。

けれど、身に余る待遇も、アスランの庇護もこの上なく嬉しいのは確かだ。今必要なのは戸惑うことではなく、新しい環境とアスランの情に感謝すること。

「惨めな発情期しか知らないので、助けてもらえることが本当に幸せです」

グドラで顔が隠れたままだけれど笑みを向ければ、アスランは小屋の様子を思い出したのか複雑な表情になった。

静かにグドラを取り去ると、アスランはセナの首元に手を伸ばし、手の甲で髪を押し上げた。

「痕《あと》を見せてくれ」

番の印が本当にそこにあるのか。セナを疑っているのではなく、目で見て確かめたいようだ。

自分で触るだけでも嫌悪感が湧く痕だから、誰にも見せたくなかったけれど、セナはアスランに背を向け、襟を解いてうなじを見せた。

どんな表情で見られているのか気になり、すこしだけ振り返ると、アスランが数拍息を殺し、拳《こぶし》をきつく握って怒りを抑えているのがわかった。

「見苦しいでしょう」

許可を待たずに襟を正せば、片腕を掴まれた。

「見苦しいのは痕ではなく、番の下劣さだ」

アスランは怒りを露わに言い放つ。

「強姦《ごうかん》の罪だけでなく、番を見捨てた愚劣さに反吐《へど》が出る。子がいることすら知らずにのうのうと生きているなど、決して許せん」

人としての正義感から憤るアスランに、セナは背負い続けた重荷が落ちていくのを感じた。一人で抱えるしかなかった行き場のない怒りに共感を得て、安堵に目元が濡れる。

唇が震えるのを堪えるセナを、力強い視線が捕らえる。

「番を探し出し、すべての罪を償わせる。番を解く方法も必ず見つけ出し、罪人からお前を解放する」

それは心の隅で諦めきれずにいた願望だった。番さえ解ければ、ミラを授かったことを純粋に感謝し、辛かった過去も昇華させられる。切なる望みを、アスランは叶えようとしてくれている。

「陛下の深慮に、どう報いればよいのでしょうか」

「俺が決めたことだ。課題はいくつもあるが、必ず成し遂げてみせる。セナは吉報が一日でも早く届くように祈っていろ」

自身に誓いを立てるよう、確固たる意志を持って言われ、歓喜に肩が震えた。何も言えないでいると、アスランがなぜか慌てた。

よほどおかしな顔をしているのだろうか。頬を触って確かめると、そこは涙で濡れていた。

男が泣く姿を初めて見たからか、アスランは随分と動揺している。けれど、セナの両肩に手を乗せ、そしてゆっくりと身体を抱き寄せてくれた。

「今まで、苦しかった……」

逞しい胸を涙で濡らしながら、頼れることの喜びを嚙みしめる。嗚咽が上がるのを我慢せずに、抱きしめてもらえるだけ泣き続けた。

ひとしきり泣いて、セナが落ち着いてきたのを確認すると、アスランは去ろうとした。昨夜はセナを抱く気で、立ち止まることなど考えていなかったはずなのに、今夜は適切な距離を保とうとしているのがひしひしと伝わってくる。

「昨夜のことで、セナの気持ちを考えずに先走ろうとした己を反省している」

殊勝な表情で見つめられ、わけも話さず拒んでしまったことが申し訳なくなった。

「本来なら、私は陛下のお気持ちに応えるべきでした」

「いや、それでは主従を盾に虐げるのも変わらない。俺はセナの身体だけでなく心も欲しかった。それなのに、気持ちを確かめなかったのは傲慢《ごうまん》以外の何ものでもない。思慕を寄せる者同士ならば、立場を利用するのでなく本心から互いを求めなければ意味がなかった」

望むものはすべて手に入れられる、国王らしい恋の躓《つまず》きだった。それに気づいたアスランは、すっきりした表情をしている。

「明日様子を見にくる。ゆっくり休め」

そう言って、アスランはセナの手を引き、顔を寄せてきた。セナがもう拒まないかどうか確かめながら、ゆっくりと唇を近づける。

初めてのくちづけに、心臓が駆けて頬が熱くなる。口元が力んでしまうのを抑えきれず、恥ずかしさから目を瞑ると、温かい唇がそっと重なり、離れていった。

「良き夜を」

優しい声音でそう言って、アスランは赤く染まったセナの頬を指の背で撫でてから、離れを後にした。

早朝から発情期が始まったにもかかわらず、離れでの一日はとても快適だった。王宮が誇る美食を三度も口にして、贅沢すぎるほど広い浴場で身を清めて。倦怠感が酷く、ほとんどを寝所で過ごしたけれど、開放的な窓の向こうに見える青々とした庭を見ているだけで癒された。

こんなにも穏やかな気持ちで発情期を過ごすのは初めてだ。その理由は贅沢ではなく、偏《ひとえ》にアスランの深慮のおかげだ。

一日の最後の祈りを捧げたあと、清潔な寝間着に着替え、寝台の端に座ってアスランとの出逢いに感謝していると、居間のほうから話し声が聞こえた。どうやら、アスランがやってきて、日中のセナの様子を召し使いに訊ねているようだ。

寝所から出て挨拶をしたほうがいいだろうか。立ち上がったものの、床に就く準備をしてしまって、国王に見せるべき格好をしていない。そのうえ発情期特有のアルファを誘う匂いを放っているはずだから、無暗に出難いのもある。

どうしたものか迷っていると、寝所の扉が開き、アスランが入ってきた。

「今朝《けさ》から発情期に入りましたが、陛下のお心遣いのおかげで、とても穏やかに一日を過ごせました」

笑顔でそう言ってから、右脚を引いて深く頭を下げると、アスランは寝台に戻るように手を軽く振ってみせる。

「気分はどうだ」

躊躇いなく近づいてくるアスランは、発情期特有の匂いを感じていないようだ。発情の症状には波があって、今は落ち着いている状態だけれど、特有の匂いはアルファだけでなくベータも惹《ひ》きつけると聞いていたから、すこし不思議になった。

「寝所から出てこないのに、鈴も鳴らさないから、召し使いが心配していたぞ」

しばらく会話が続きそうなのに、アスランはまた寝台に戻れと仕草で伝えてくる。やはり匂いを感じず、発情の症状は風邪と変わらないと思っているようだ。

「飲み水も果実も充分に準備されていましたし、食事や入浴も先回りして準備していただけましたから、とても快適でした」

セナに付いてくれたのは国賓の世話をする経験豊富な召し使いだから、常に先回りをしてくれる。用があっても人を呼ぶ習慣がないけれど、まず鈴を鳴らすような状況がなかった。それに、身体が火照ったりだるく感じたり、動くのが億劫《おっくう》になるだけで元気ではある。

「それならよい」

ほっとした笑顔を浮かべたアスランは、オメガの性質についてあまり知らないようだ。王宮はアルファが多く、秩序を乱しかねないオメガは、本当は入ってはならない場所だ。もしかすると、オメガを見たのもセナが初めてかもしれない。

「俺のことは気にせず横になれ。熱が出るのと同じなのだろう」

やはり、オメガについてはあまり知らないようだ。セナだって、自分がオメガだと知るまで、オメガのことは曖昧《あいまい》にしか把握していなかった。

身内にオメガがいれば、世間から隠すか、性差を枷としない寺院に託すか、もしくは奴隷として売ってしまうのがアルバールの慣習だ。オメガについての理解はほとんどなく、それ故オメガに詳しい医者や助産師が売春街で見つかる。それほど社会的地位の低いオメガなのに、アスランは一人の人として見てくれる。

初めて夕食に誘われたとき、国王と騎士ではなく、同じ人間同士話せば情が築かれるとアスランは言った。その言葉どおり、オメガとわかってもセナを見捨てず、優等騎士として出逢ったころと変わらない、否、それ以上に尊んでくれている。

「気を遣わせるために様子を見にきたわけではない。ほら、横になって休め」

目の前まで来たアスランに肩を軽く叩かれ、セナはやっと寝台に腰かけた。

「やはり熱が出るのか。顔が火照っている」

そう言って、心配そうな手が頬に触れた瞬間だった。

身体の奥底が、火がついたように熱くなり、その熱は背筋を駆け上がった。途端に下腹が疼き、下肢のあいだが体液で濡れる。

今まで経験したことのない激しい衝動が突然湧きあがり、混乱しながらも強い匂いを放っていることだけは気づいた。咄嗟に寝間着の襟をきつく閉じたけれど、発情の匂いは防げない。

「これが発情期の匂いか」

身構えたアスランだったが、激しい発情にあてられて、急速に目元が熱を孕んでいく。

アルファの感性を支配するオメガの匂いに影響されながらも、必死に踏みとどまろうとするアスランは、頬に触れていた手を引こうとした。けれどセナは、体温が離れていくと感じた瞬間、咄嗟にその手を摑み、引き寄せていた。

自分の中にある本能的で最も率直な部分が、アスランのアルファ性を渇望している。誰よりも敬愛する男の情欲が欲しくて堪らない。こんなにも野性的で淫靡《いんび》な欲求は初めてだ。

頭の隅の冷静な部分は、立場や状況を考えろと怒鳴っている。けれど、全身がアスランを求めるのには敵わない。

「陛下」

まっすぐ目を見つめると、凜々しい双眸は今すぐこの場を去るべきか迷っていた。本能的欲求と理性の狭間《はざま》で揺れる姿を見ていると、手を離さなければと思うのに、正直な情欲を向けてほしいと強く感じる。

衝動に抗えず、握っている手をほんのすこし引けば、遂にアスランの理性が崩れた。

雄の表情になったアスランは、性急な手つきで寝間着を捲《まく》り上げ、セナの肌を暴いていく。

脚が自然と開き、誘われるように温かい手がそこに触れた。内腿《うちもも》を撫でられながら、ふと、正気に戻ったときにアスランを後悔させてしまうのではないかと不安になった。

だが、本能的な熱に浮かされている身体は、指先が肌を滑る感覚に愉悦を覚え、冷静さを跡形もなく消し去ってしまう。

「セナ」

寝間着を胸の上まで捲り上げたアスランは、セナの身体を跨いで膝立ちになり、欲情して火照る肌を見下ろす。

「男の身体にこれほどの色香を感じる日がくるとは」

すでに充血しているセナの中心と、その奥に隠れた秘所を見て、アスランの目が率直な欲に染まった。期待を表すようにカンドゥーラを脱ぎ捨て、逞しい身体を露わにする。蠟燭《ろうそく》の光が筋肉の隆起に陰影を作り、力強さを際立たせている。セナよりも濃い褐色の肌は男らしくて、野性的な欲求が掻《か》き立てられる。

身体の奥が、この男に責められたいと喘《あえ》ぐ。なのに、自分から望んでアルファを迎え入れるのは初めてだから、どうやって誘えばいいのかわからない。

待つことしかできないでいるセナを見て、アスランは不敵に笑んだ。

「初心《うぶ》な色香ほど抗い難いものはない」

不慣れだと言われてしまい、セナは思わず腕で顔を隠した。だが、手首を摑まれ、頭の上で固定されてしまう。

「顔を隠されてはくちづけができないだろう」

口角を上げてそう窘《たしな》めたアスランは、肌と同じくらい上気したセナの唇に、熱い唇を重ねた。

すこし触れれば離れていくと思ったのに、何度も食《は》むようにして唇が重ねられ、いつ呼吸をすればいいのかわからない。苦しいのに、くちづけが止《や》むのは寂しくて、限界まで息を止めたけれど、我慢できなくなって顔を反らして息をした。突然くちづけを解いたセナにアスランは一瞬驚いていたが、何が起こったのかわかると、口元を綻《ほころ》ばせた。

「口を吸われるのは初めてか？」

アスランは確信しているようだが、それでもセナの口から聞きたいらしい。

「はい」

今夜のように誰かを求め、求められたのは初めてで、くちづけだって経験がなく、したいと思う相手もいなかった。

毎日に精いっぱいで、戯れ方の一つも知らないまま今に至ってしまった。そんなセナをすこし不憫に思ったのか、アスランはくちづけのあいだは息を止めないのだと教えてくれた。

「触れるのは唇だけではない」

唇以外の何が触れるのだろうか。訊こうとして口を開けば、隙を狙《ねら》っていたアスランが唇を重ねてきて、歯列のあいだに舌を滑り込ませた。そして、驚くセナの舌を舌で舐《な》めて、身体に教え込むように口内を舌でまさぐった。

舌を搦《から》めとられ、吸い上げられて、まるで口内を愛撫《あいぶ》されているようだ。初めての淫靡なくちづけに、腰が自然と揺れる。

「ぁっ、……んっ」

濃厚なくちづけに没頭していると、発情がさらに強くなった。音を立てて唇を離したアスランは、セナの下腹部に手を這《は》わせ、指先で蕾《つぼみ》を撫でた。

蕾は期待だけで濡れていて、様子を窺《うかが》う指を食もうとする。いつでも受け入れられることを知って、アスランは唇の端を野性的に舐める。

「戯れる余裕がない。今すぐ我がものにするぞ」

言いきられ、期待に肌が粟立《あわだ》ち、自然と膝を引き上げていた。発情の匂いはさらに勢いを増し、アスランの雄を誘う。

セナの片膝を押し上げながら、アスランが空いている手を彼の昂《たか》ぶりに添えた。待ちわびる秘所に先端をあてがわれる直前、ちらりと見えたそれは想像よりはるかに逞しくて、淫《みだ》らな予感に肩が震えた。

切っ先があてがわれ、蕾が大きく収縮した。セナ自身は脚を開くことしか知らないのに、身体はまるでアスランの迎え方を知っているかのようだ。ゆっくりと押し入る昂ぶりを、貪欲《どんよく》に飲み込もうとする。

「あっ、……ああっ」

濡れそぼった中を開かれていく感覚は、全身を甘く痺《しび》れさせる。快感の味を初めて知ったセナは、その先を知りたくなって自ら膝を大きく引き上げていた。

「陛下……」

もっと奥に感じたい。本能的な衝動を身体が表現すれば、アスランが大きく腰を突き出す。

先端が蜜壺《みつつぼ》の入り口を開き、快感の波が押し寄せた瞬間、セナを酷い頭痛が襲った。

「うぅっ！」

両目をきつく閉じてうめいたセナの頬を、アスランが優しく撫でる。

「急いてしまった。すまない」

痛みの理由は、逞しい質量で性急に奥を責めたからだと思ったようで、アスランは何度も唇を重ね、宥《なだ》めようとする。

頭痛は治まる気配がない。勘だけれど、この痛みは、アスランが自分の番でないと身体が教えようとしているせいだ。

アスランと一つになれたのに、こんなところでも番の制約に苛まれるなんて、悔しくて堪らない。無意識に唇を嚙むと、セナの頭痛を知る由もないアスランが、力む唇を舐めて緊張を解《ほぐ》そうとする。

「セナの中が心地よくてつい乱暴になってしまった。気をつけるからそう怒らないでくれ」

甘い声音で宥められ、セナは怒っていないと言う代わりにアスランの引き締まった腰を両脚で引き寄せる。

「愛《う》いやつ」

口元を綻ばせ、アスランは小さな律動を刻みはじめた。頭痛はそのままだけれど、結合部から快感が溢れ、腰が揺れる。

「あっ、……はぁっ」

身体は切にアスランとの快楽を求めている。もっと奥まで責められれば、愉悦が番の制約を超えるのが直感的にわかった。

「ああっ、陛下。もっと……、奥に」

「俺のすべてを捧げよう」

不敵に笑んで、アスランは欲望を奥へと突き入れた。

「ああっ……！」

蜜壺を開かれ、全身に痺れるような快感が走った。背を反らせ、一際大きく喘いだセナを、アスランはさらに責める。

愛液に濡れる中を、熱い質量が行き来する。内壁を抉《えぐ》られる強い刺激に、アスランの腕を掴み、そこに爪《つめ》を立てて耐えた。

「陛下、…あっ…、んぅっ」

　頭が割れるような痛みを感じているのに、本能を揺さぶる激しい快感に責められて、あられもない喘ぎ声が上がる。胸につくほど膝を押し上げられ、逞しい質量を根元まで受け入れて、苦しいはずなのに、すべてが熱い快楽となってセナの下腹からつま先までを満たしていく。

「もう持っていかれてしまいそうだ」

　嘆息しながらも、アスランはさらに奥まで突き上げる。激しく揺さぶられながら、セナは中がアスランの欲求に呼応して痙攣《けいれん》するのを感じた。

　アルファの本能が子種を残す場所を求め、アスランを突き動かしているのがわかる。セナの身体も、アスランの精を胎内に欲してより大胆になる。

「陛下っ、んぅっ、……あぁっ」

　快感が最高潮に達し、無意識に欲望を締めつけた。そこを責め上げられ、初めての絶頂が目前に迫る。

「いっ、あぁっ――」

　最奥に昂ぶりが突き入れられ、セナは大きく肩を揺らして極めた。蜜が溢れる結合部は小刻みに収縮し、アスランを絶頂へと誘《いざな》う。

　根元まで欲望を埋めて、アスランも達した。逞しい体軀を強張《こわば》らせる姿に雄の色気を感じ、最後の一滴まで絞り上げるように内壁が蠢《うごめ》く。

迸《ほとばし》りを放ちきったアスランは、大きく息を吐いて腰を退いた。昂ぶりが去ってしまい、後孔が焦燥に喘ぐ。

極めたばかりなのにもうアスランを恋しがる自分の身体に驚きを禁じ得ない。快楽の味は確かに甘美だけれど、これほど貪欲になってしまうとは思ってもみなかった。

治まらない欲求に困惑していると、うつ伏せに返された。振り返ってアスランを見ると、凜々しい目元が欲情の色に染まっていた。

「陛下……、ああっ」

後ろから挿入され、また頭痛が起こった。同時に快楽の波が押し寄せ、達したばかりで敏感な中が激しく収縮する。快感が背筋を駆け上がり、痛む頭を淫らに染める。

「セナ！」

「ああっ――――！」

一気に根元まで挿《い》れられて、鮮烈な刺激に背を反らせた瞬間、うなじのすぐ後ろで歯がぶつかる音がした。驚きに振り返ると、アスランは唇を結んでいた。きつく眉を寄せる表情から、本能的な衝動で首筋を噛みそうになったのを、すんでのところで踏みとどまったのがわかった。

「陛下……」

今セナの首を噛んでも番にならないことはわかっているのに、アスランの衝動を引き出してしまうなんて。発情の匂いの、アルファの本能を支配する作用がどれほど強力かを思い知らされる。

「怪我をさせてしまうところだった。すまない」

気落ちした声で詫びたアスランは、腰を退いてセナの背を撫でる。やはり契ってはいけなかったと後悔したとき、身体を仰向けに返された。

「どうしてもまだお前が欲しい。もう噛まないと誓うから、受け入れてくれないか」

まっすぐ瞳を見つめて懇願され、求められる悦びに胎内が疼いた。

「どうか、私の中に」

脚のあいだを見せるよう膝を立てれば、勢いを保ったままだった楔《くさび》が孔に突き入れられた。

「あぅっ、んんっ」

やはり頭の中に痛みが走り、顔をしかめてしまいそうになった。けれどアスランの勢いを削《そ》ぎたくなくて、結合部の刺激に意識を集中させる。自然と中を収縮させてしまい、煽《あお》られたアスランが一息に根元まで欲望を埋めた。

容赦なく責められて、発情に踊らされた自分がどれほど大胆になっているのかを思い知る。激しい快感に喘ぎ、奥を揺さぶられ、苦しいくらいの快楽を貪《むさぼ》りながら、自分でも知らなかった淫らな姿を、初めて見せたのがアスランとでよかったと心底思った。

「陛下、…あぁ……、もっと」

繋がったまま身体を引き上げられ、向かい合って抱きしめられた。同じ高さにきた視線を絡ませると、合図を得たようにくちづけが始まる。

口腔《こうこう》を貪られ、深くまで突き上げられて。最奥を幾度も責められ、快感が頭の痛みを追いやっていく。髪を振り乱し、与えられるすべての刺激を受け止めて、セナはアスランとの情交に溺《おぼ》れた。

次の日も、夜になるとアスランが離れに来て、疲れ果てるまで抱かれた。ことが済むとアスランは自室に戻って就寝したが、その翌晩からは眠るときもセナの隣を選び、離れに泊まっていくようになった。眠りに落ちる寸前まで繋がって、目が覚めると起き上がる前にまた身体を重ねる。何度極めたか、何度迸りを受け止めたか数えられないほど、アスランの傍で迎えた発情期は激しかった。

発情の欲求が満たされるのと、頭痛に耐える疲れから、セナはアスランに抱かれているか、食事をしているか、寝ているかという非常に本能的な数日間を送った。アスランも、発情香の影響を大いに受けていたけれど、頭痛がないのと発情している本人でないことから、セナが昼寝をしているあいだは問題なく執務をこなしていた。

発情期が終わり、久しぶりにすっきりと目覚めて朝を迎えたセナは、背中に感じる温《ぬく》もりを心地よいと思ってから、その体温がアスランのものであることに気づいた。そして、発情中にアスランと何度も交わったことを思い出して、寝台から飛び出したい気持ちに駆られた。

（なんということをしてしまったんだ……）

発情香がアルファの正気を奪うのは嫌というほど知っていたはずなのに、アスランがこの離れに来てくれれば自分から脚を開いて、数えきれないくらい何度も精を注がれ、感じて果てた。正気のアスランが望んでいるときだけならまだしも、発情の影響任せに国王を誘惑するなんて、絶対にしてはならなかった。

「どうしよう」

自分のあさましさに顔から血の気が引いた。いくら対等な人同士として向き合ってくれるとはいっても、アスランは国王だ。おそらく、アスランはセナを愛人にするつもりでいる。だが、寵愛《ちょうあい》を受けるにも節度があるべきで、発情中は何がなんでも絶対に距離を置かなければならなかった。

どう謝罪し、償えばよいのか。寝台を抜け出し、早急に服を着ながら、必死で考える。もし許してもらえても、今後同じことが起こらないよう速やかに王宮を去らねばと考えていると、アスランが目を覚ました。

「俺のセナは早起きだな。よく休めたか」

まだ発情香にあてられた状態から抜け出していないのか、アスランの視線は甘くて熱い。寝台に戻るよう微笑《ほほえ》んで手招きされたが、セナは床にひれ伏す。

「重ね重ね失態を晒《さら》し、謝罪の言葉もありません」

必死になって詫《わ》びようとすると、アスランは一瞬目を見開き、何かに気づくとやや厳しい声で名を呼んだ。

「セナ」

「はい。陛下」

冷静になれば、予防策を講じずに発情するまま何度も誘惑したことを咎《とが》められるだろう。心臓が冷えて痛むのを堪《こら》えながら、どんな咎めも受ける覚悟で待っていると、アスランは一つ溜《た》め息《いき》をついてから言った。

「水が飲みたい」

一瞬言われたことが理解できなかったが、すぐさま立ち上がり色硝子《ガラス》の杯に水を注いで運んだ。寝台の傍《そば》まで寄ると、上体を起こしたアスランに手招きされる。水を溢《こぼ》さぬよう寝台に片膝《かたひざ》をついて差し出すと、隣に座るよう仕草で指示された。

「セナが気にしていることは、おおよそわかる」

そう言って、杯を手にしたアスランは、恐る恐る隣に座ったセナの腰を強く引き寄せ、水を呷《あお》った。

「今詫びるべき者がいるとすれば俺だ。発情中のセナに無暗《むやみ》に近づいて、誘われるまま抱いたのだから」

「それは、私の落ち度です」

「なぜそう考える」

「私のような卑しい身分の者が、陛下を誘惑してはなりませんでした」

アスランに求められたならともかく、自分から誘惑していい立場ではない。

「俺はセナを卑しいなどと思ったことはない。出自は己が決められるものではないだろう。そう卑下するな」

「ですが、私は穢《けが》れた身です」

まっさらな身体《からだ》でもなければ番《つがい》まではいる。一度穢された過去は消えなくても、せめて番が解けるまで待たなければならなかった。

心苦しさに目を伏せると、顎《あご》を指で押し上げられ、まっすぐに見つめられた。

「セナの心は俺を求めていたか」

発情のせいではなく、心からアスランを欲していたかと問われ、セナは頬《ほお》を染めながら正直に答える。

「はい」

気恥ずかしさから消えそうな声しか出なかったけれど、アスランは嬉《うれ》しそうに微笑む。

「契りを求めたのは俺が初めてだったか」

「はい」

隠れてしまいたいくらい恥ずかしいけれど、素直に答えた。すると腰をさらにきつく抱き寄せられた。

「俺が抱いたのは初心《うぶ》で不慣れで、高潔なセナだ。発情の匂《にお》いも抗《あらが》い難いものがあったが、俺が最も惹《ひ》かれたのはセナ自身の色香で、独占できることを誇らしく思っている。これほど男冥利《おとこみょうり》に尽きることはない」

自ら望んだ初めてなら、身体的経験として初めてかどうかは関係ない。そう力強く言われ、アスランのものになったのだという自覚が生まれた。そして、本能的な番に勝る確かな繫《つな》がりを得た実感が湧《わ》いた。

「俺のセナよ、憂うことは一つもない。わかったな」

「はい」

微笑んで答えれば、アスランは満足そうに笑った。

「今日から衣装も変わる。用意をさせた」

そう言ったアスランは鈴を鳴らし、召し使いを呼んだ。姿隠しの垂れ絹越しに、数人の召し使いが二つの大きな衣装籠《かご》を運び入れるのが見える。

「俺以外の誰《だれ》も、セナに触れてはいけないのが一目でわかる」

召し使いの老女二人が頭を下げ、セナが寝台を下りるのを待っている。どんな衣装が用意されたのかわからないまま、召し使いについていくと、衣裳部屋の中にある着替えの小間に、さきほどの衣装籠が一つ置かれた。開けてみると、中には鮮やかな水色の衣装が収められていた。

女性用のその衣装は、縁に金糸で刺繡《ししゅう》が施され、所々に色水晶まで付いている。まるで王族女性の衣装だ。遠目に見るだけでも、貴族男性でさえ無暗に声をかけられない立場なのがわかる。

国王の寵愛を受けるという意味を教え込まれた気分だった。

初めて召し使いに着替えさせてもらい、衣裳部屋を出ると、こちらも着替えを済ませていたアスランが満足そうに頷《うなず》く。

「よく似合っている」

アスランが女性用の衣装を選んだのは、王宮内の男性に、セナに話しかけるどころか視線すら送らせないためだろう。男性同士なら身分が違っても会話をするが、身分の高い女性には話しかけるどころか視線を送るだけでも罰せられることがある。アスランは、セナを完全に独占するつもりだ。

「恐れ入ります」

着慣れない衣装は、国王の寵愛にあずかるという壮大な変化の片鱗《へんりん》だろう。他にどんなことが自分を待っているのか、想像もつかない。

「他の衣装もたくさん用意させた。気分に合わせて着替えるといい」

当然のように言われ、気後れするしかなかった。

諸々《もろもろ》の事情を知って、どんな立場に置くか迷っていると言われたが、おそらく寵姫《ちょうき》と似た立場になる。后《きさき》になる身でもないのに、こんな贅沢《ぜいたく》を与えられては、喜びよりも戸惑いが勝ってしまう。

無意識に俯《うつむ》くと、目の前に立ったアスランに手を握られた。

「努力の末に騎士になったことはわかっている。だが、国王に仕える一人に戻すことはできない」

言いきられてしまい、騎士だった自分とは決別するしかないことを再認識させられた。

オメガ性に生まれた時点で本来なら騎士にはなれなかったのだから、受け止めるほかにないけれど、この寂しさを拭《ぬぐ》いきるには、もうすこし時間が必要かもしれない。

それでも、これからには新たな意義を感じる。複雑な状況にいる自分を受け止め、恨めしい過去から解放してくれようとするアスランに、できることで報いたい。

「私には勿体《もったい》なく感じただけです」

これ以上心配をかけたくなくて言えば、アスランは意志の強さを表す目元を細めた。

「セナが着飾ることで、俺を飾るのだと思え」

男性が絶対的優位に立つ代わりに、妻や恋人にできる限りの贅沢をさせるのがアルバール男性の矜持《きょうじ》だ。アスランを立てるのだと思えば、身に余る衣装も素直に受け取ることができる。

「はい。陛下」

「では朝食にしよう」

二人きりで朝食を摂《と》るあいだ、豪華な衣装を汚してしまわないか不安で仕方なかった。それに気づいたアスランに、汚れても着替えればいいと言われたが、やはり急には慣れられなかった。

食事のあとの祈りを捧げ、アスランは離れを去るかと思いきや、居間に残った。

「俺のオメガについての知識不足を補うためにも、国中でオメガに詳しい者を探している。今日は王都からオメガに詳しいという医者が来る。体調の不安があれば相談するといい」

そう言ったアスランが呼んでいたのは、ミラを産んだころに世話になった医者だった。顔を見てセナはすぐに気づいたけれど、医者はセナのことは覚えていないようだった。否、覚えていたとしても、女性のように目元以外を隠しているので、気づきようもないだろう。

アルバールで医者を名乗るには、特定の医学院で学修しなければならない。それが終わると医者の証《あかし》である盾が貰《もら》え、それを飾るのが医者の矜持だそうだ。けれど、セナはこの医者の盾を見たことがない。

医者は医者でも闇《やみ》医者だ。世話になったことで快復したから、セナはこの医者を信用するけれど、アスランは王宮に招くことに抵抗を感じなかったのだろうか。

ふと不安になり、横顔を見遣《みや》ると、アスランは真剣な表情で医者を見ていた。自分の持たない知識を持つ者として、曇りのない視線を投げかけている。

身分ではなく人そのものを見る。この信念に救われ、心底惚《ほ》れていることを思い出したセナは、胸の中の不安を追いやった。

「オメガと番について知りたい。番はどうすれば解けるのだ」

王宮の離れで、国王を目の前に、売春街の医者は少々居心地が悪そうだ。それでも、背筋を伸ばして問いに答える。

「番が解けるのは、片方が死んだときです」

この番の制約は皆が知っていることだ。だがこの方法ではヤウズが見つかるか、どこかで死ぬかを待つしかない。知りたいのは、セナだけで解決できる方法だ。

「それ以外に方法はないのか」

「私は他に知りません」

「わかった」

どんな手を使っても、必ずセナの番を解く。明確な意志を表すアスランを見て、医者は言いにくそうに口を開く。

「アルファが死んだ場合に、オメガの気が触れたという前例があります」

「なんだと」

ヤウズを探し出し、処刑する気でいただろうアスランは、医者の言葉に神妙な面持ちになった。

「必ずというわけではないですがね。気が狂ったり、廃人になったりしたオメガを見たことがあります」

アスランの意図はおおかた察しているようで、医者も苦しげに俯いた。

「そのオメガたちに共通点はあったのか」

状況や体調が違えば、番が死んでもセナは無事でいられるかもしれない。アスランの真剣さに、医者も全力で応《こた》えようとするが、見てきた事実は変わらない。

「私が知っている二人は、若くて、番のアルファを随分恨んでいました」

そう言われ、セナは息をのんだ。どちらも自分と当てはまっているからだ。

アスランもそう感じたようで、なんとかセナとの相違点を見つけたそうだ。

「どういう状況で番になった者たちだったか、知っているか」

「売春街には発情中のオメガを専門に売る店がありまして……」

言いにくそうにそう言って、医者はちらりとアスランを見た。憲兵が取り締まる、盗みや傷害などの基本的な法以外、売春街は無法地帯のようなもの。この医者が店を構えているわけではなくとも、国王に直接話すのは憚《はばか》られて当然だ。

アスランも、売春街については知っているが、オメガの発情期を見世物にしている店のことまでは知らなかったようだ。何か言いたげだが、医者に言っても意味がない。不快な表情になるのを堪え、続きを促す。

「その店がどうした」

「番ができないように首に防具のようなものをつけて発情中のオメガをアルファの客に売るんですが、無茶な客が防具を引きちぎってオメガを番にしたんです。番ができたら他のアルファには発情の匂いが効きません。そのオメガたちは、奴隷のくせに売り物にならないと店主に奴隷以下の酷《ひど》い扱いを受け、番に責任を取ってもらうわけにもいかず、死んだほうがましな生活に落とされました。恨んでいたのは番のアルファのことだけじゃないかもしれません」

性奴隷のオメガの悲惨な運命を聞いて、眩暈《めまい》がした。

どこかで歯車が狂っていれば、自分も同じ目に遭っていたかもしれない。騎士団長が助けてくれなければ、今ごろ自分もミラも、売春街にいたかもしれない。そう考えると性奴隷のオメガに同調してしまい、頭の中が暗い色に染まっていく。

指先が冷たくなって、無意識に手をきつく握っていると、アスランが心配そうに目元を覗《のぞ》いてきた。

「休憩をしよう」

案じてくれる声に、セナは首を横に振って応えた。

今は、こうして支えてくれる人がいる。孤児院で育って、ミラを授かったあとも騎士団に残れたことに、これまで以上に感謝しなければ。

セナが気を取り直したのを確認して、アスランは医者に向き直る。

「番以外には発情の匂いがわからないものなのか」

これについては聞いたことがなかった。騎士団に戻ってからの発情期は、毎度首に防具をつけ、誰とも会わないように身を隠していたから、自分の発情が周囲にどんな影響を及ぼすのかセナ自身も知らないのだ。

「番のいないオメガの発情はベータだって匂いがわかるのに、番ができると番以外には匂わなくなるのです」

医者が断言すると同時に、セナとアスランは目を見合わせた。

発情中、抑えきれない衝動に駆られ、何度も互いを求め合った。それは確かにセナが発した匂いが一番の理由だ。

医者の経験に嘘《うそ》はないはずだけれど、昨夜も濃密に過ごした二人には、にわかに信じられない。

気づかないあいだに番が解けたのかと思いたいが、今朝《けさ》身を清めたとき、うなじの痣《あざ》に触ったはずだ。

「どういうことだ……」

アスランが溢したのと、セナの反応を見て、医者は二人が困惑している理由に気づいたらしく、ひとつ咳払《せきばら》いをして言った。

「一度だけ特殊な番を見たことがあります。外国のアルファの大商人が売春街に来たときのことです。その商人は一人のオメガを見て、突然そのオメガを買い取りたいと言いだしました。言葉もろくに通じないのに大枚をはたいて、奇特な客だと噂《うわさ》になりまして」

大商人の話が自分たちとどう関係があるのかわからず、静かに困惑するセナたちに、医者は安心して聞けと言いたげな顔をする。

「次にその大商人がアルバールへ来たとき、そのオメガは妻になっていたんです。豪華に着飾って、まるで姫様だ。番になった二人は仲睦《なかむつ》まじいったら、そこいらのおしどり夫婦も驚くくらいで」

「報われた奴隷のオメガがいたなら喜ばしいが、それがなんだというのだ」

結論を急《せ》かすアスランに、医者はなぜか鼻を高くして言った。

「生まれたときから一緒になる運命の番が存在するという伝説はご存知ですか。その大商人と番になったオメガを見て、伝説は本当だったのだと話題になりましたよ。浮世離れした伝説ですから、売春街の不遇なオメガが広めた作り話だと誰もが思っていたのですがね」

医者が印象深い番だったと言い終えるやいなや、アスランはセナを振り返った。

まっすぐ向けられる視線は、番になるべくして生まれた確信に満ちている。セナの番はアスランでなければならないと、闘志にも似た火が凛々《りり》しい双眸《そうぼう》に宿るのが見えた。

「オメガと番の特性について、さらに調べる気はないか」

この医者の経験を買って、アスランはさらなる知恵が欲しいと言うが、医者はわかりやすく項垂《うなだ》れる。

「そうしたいのは山々ですが、往診ができないと食うに困ることになりますから……」

売春街を相手に商売をしている俗世に慣れた医者だ。国王が相手でも、褒美をねだる好機を遠慮なく狙《ねら》っている。

自分に番がいるために、本来なら関《かか》わることなどなかった闇医者にものを頼むなんて。心苦しくなってアスランを見ると、不安を抱える隙《すき》を与えないほど平然としている。

「褒美は弾むぞ」

医者の返事は予想の範疇《はんちゅう》だったようで、アスランは側近を仕草で呼び、金貨を三枚渡させた。

「今日の手間賃だ」

一時間も話していないのに、金貨を貰えるとは。医者は口元が緩むのを堪えながら金貨を懐に仕舞い、恭しく頭を下げる。

「鋭意努力いたします」

思いがけない褒美に上機嫌な医者は、アスランの側近に連れられ、今日のことやこれからの調べものについて他言無用だと注意を受けながら、離れを去っていった。

「陛下、私のせいで多大なご迷惑を……」

何を悔いて詫びればいいのかもわからないが、番探しや番を解く方法を探す労力と資金が必要なことはわかる。最初から国王の傍に居るのにふさわしい女性なら、これほどの遠回りはなかった。

申し訳なさに視線が落ちそうになるのを堪えて見ると、アスランは喜悦の笑みを浮かべてセナの両肩を摑《つか》む。

「セナも聞いただろう。あの医者が言うとおりなら、俺たちは番になるべくして生まれた。俺が神に選ばれ、前国王の第一子に生まれたように、セナは俺の番として生まれたのだ。ならば、正しき運命に従うべきだ」

発情中はアスランを求めてやまなかった。勘だけれど、他のアルファではそうならなかったと思う。ヤウズに襲われたときだって、嫌悪感しか湧かなかった。

アスランと番になるべき運命にあると、セナだって信じたい。ただ、その道には大きな障害がある。

返事ができないでいるセナに苦笑してから、アスランは近衛騎士を部屋の外へ追いやった。そして、二人だけになるとセナの顔から布を取り去る。

「セナ」

甘い声音で名を呼ばれたかと思えば、頭の後ろを押さえられ、唇を奪われた。突然のことに驚きながらも恥じらっていると、角度を変えて唇を吸い上げられた。

「セナの良い匂いがする。ときどき気づいていたこの匂いは、発情期になると比べものにならないほど濃くなる。騎士団にはアルファが何人もいただろう。それなのに、この匂いに気づいた者はいなかったはずだ。これからは、俺以外が近寄ることは許さぬから、もう確かめようがないが、この匂いに気づいたのは俺だけだと確信している」

確かに、アスランは何度か香か石鹸《せっけん》かと匂いの理由を訊《き》いていた。けれど、訓練や寮内で近寄ったアルファの誰にも、匂いについて話しかけられたことはない。

「セナの良い匂いがするのは、俺が触れて動揺しているときだ。匂いがしたときの状況を思い出すと、答えはそうなった」

「えっ」

まさか、アスランに触れたときに匂いを発していたとは。まるで感情を身体で表現しているようではないか。自分では覚えていないから、より恥ずかしい。

頬を赤くして俯くと、アスランはセナの足首まで隠す衣装の裾《すそ》を捲《まく》り上げようとする。

「陛下！」

陽も昇りきっていないのに、と、思わず手を遮れば、アスランは面白そうに笑って、わざとらしく衣装を元に戻した。

「また良い匂いがした」

「お戯れはよしてください」

怒ったように言ってしまったけれど、アスランが望むなら昼日中でも睦み合うべきなのかもしれない。自分の中の節度と立場のどちらをとるべきかわからず目を伏せると、

「まるで妻のようだ」

と言われてしまった。

慌てて詫びようとすれば、アスランは掌《てのひら》を見せてセナを止めた。

「それでよい」

納得した様子でそう言われ、小さく困惑するセナの両手を、アスランは強く握り、真剣な眼差《まなざ》しで見つめる。

「お前を必ず、我が后にする」

迷いのない言葉に、セナは息をのんだ。まさか、すでに子を持つ自分を国王が娶《めと》ろうなんて、起こり得ないと思っていた。

「安全に番を解く方法は、絶対に見つけだす。そして、必ず番を解き、我が番にする」

アスランと番になれる日がくるなんて、想像するだけでも幸せすぎて卒倒しそうだ。けれど同時に、国王の伴侶《はんりょ》という重大な役目には、自分はふさわしくないと思ってしまう。

瞳《ひとみ》を揺らすセナとは対照的に、アスランに躊躇《ためら》いは微塵《みじん》もない。

「セナは王后になる日のために、王宮のしきたりを学べ」

この発情期のあいだに、アスランはセナを王后に迎える気持ちを固めていたようだ。さっき医者が話した運命的な番のことも、決意に繋がったはず。

セナだって、アスランと番になりたい。王后という立場は、想像もしたことがなかったから正直荷が重い気もする。けれど、厳しいしきたりを学び、それで周囲に認められるなら、なんだってしたいと思うほどアスランに惹かれている。

けれど、気がかりなのはミラだ。

「娘はどうなるのでしょうか」

小屋で話したとき、一緒に暮らす夢を叶《かな》えると言ってくれたけれど、そのときは番にして王后にするとまでは考えていなかったはずだ。

夫以外の男性の子を連れて、婚姻はできない。法ではないが、アルバールの暗黙の決まりだ。兄弟に不幸でもない限り、自分以外の男性の子を養子にしないのもまた、昔からの慣例だ。

アスランと番になるためにミラを孤児院に残さねばならないなら、この幸せを諦《あきら》めてもミラと共に生きる道を選ぶ。

「俺の養女にはできない」

断言されたけれど驚かなかった。そんなセナに娘を第一とする覚悟を見たのか、アスランは真摯《しんし》に語りかけてくる。

「だが、しかるべき立場を与え、王宮で暮らせるようにする。考えているのは、セナの妹として王宮に迎えることだ。王后の妹なら、セナが自分の子に権力を与えたくて俺と婚姻したと疑われることはない。それに親代わりだったセナが王后になれば、妹が一緒に王宮に入っても自然だ」

ただ王宮に暮らす許可をくれるのではなく、セナの家族として呼び入れる方法を考えてくれていたなんて。嬉しいけれど、ミラに向かって自分は兄だと言える自信は、今はない。アスランの番になりたくて娘に嘘をつくのは、自分勝手すぎるのではないだろうか。

感情がせめぎ合い、困惑するセナを、アスランは静かに諭そうとする。

「娘であることを隠した理由について話せる年齢になれば、一緒に話そう。そのころセナが幸せに生きていれば、隠した理由もわかってくれるだろう」

伴侶を得るというセナ自身の幸せを、いつかきっと理解してくれるはず。アスランに言われて、ミラはいつまでも子供のままではないことに気づいた。

セナの娘であることは変わらない。けれどミラは大人になっていく。そして、思いやりを培い、自分を支える人々の幸せを願えるまで成長したなら、セナが選んだ道を受け止めてくれるだろう。

そして、真実を話す日には、アスランが隣にいてくれる。幸せに満ち溢《あふ》れた未来が見える気がした。

「養女にはできなくとも、セナの家族は俺の家族だ。我が子と等しく大切にすると誓う」

これ以上は望めない言葉だった。アルバール中を探しても、連れ子にここまで寛大になれるひとはいないだろう。他の男性の子を我が子のように育てるのは、男の矜持を落とすようなもの。そこまでしても、アスランは一心にセナを求めてくれる。

きっと、こんなにも誰かを好きになり、欲してもらえることはもう二度とない。苦しみや辛《つら》さを乗り越えてきた先に待っていたこの幸福を、授かりたいと思う気持ちに、正直でいたい。

希望ははっきりと形を成している。けれど、まずミラと向き合いたい。

「今日は、娘に会いにいってもよろしいでしょうか。約束したのです」

発情期前に会ったとき、しばらく顔を見せられなかったせいでとても寂しそうにしていた。必ず会いにいくと約束したから、絶対に果たしたい。

近衛騎士として貰った休暇はまだ終わっていないのもあり、アスランは笑顔で答える。

「そうか。護衛を連れていくとよい」

護衛と言われ、戸惑いから視線を落としてしまった。すると、宥《なだ》めるように肩を撫《な》でられる。

「これからは、俺と等しく大事な身になるのだ。護衛なしに街へは出せない」

王后になる自覚を持てと、意志の強さを表す凛々しい目元が言っている。

まだ覚悟を決めきれていないけれど、気持ちに応えたくて頭を下げた。すると、護衛を邪魔に感じていると思われたのか、元気づけるために肩を軽く叩《たた》かれた。

「護衛よりセナのほうが腕は立つだろうが、念のためだ。邪魔にならぬよう言い聞かせておく」

自分の衣服で出かける許可も得て、セナは王宮を出た。

孤児院に行くと、ミラは元気いっぱいで出てきた。アスランの馬を一頭貸してもらえたので、また浜辺を目指して乗馬することにした。

「きれいなお馬さん」

訓練も手入れも行き届いた馬は毛並みも艶《つや》があってたてがみも結われている。手綱や鞍《くら》も当然一級品で、先日王都で借りた馬とは大差がある。子供の目にもそれは明らかなようで、ミラは興味津々だ。

「王様みたいなお馬さん」

飾りのついたたてがみを触りたくて仕方がない様子のミラが、ふとそんなことを言った。ちょうどいい機会だと、セナは本当のことを言ってみる。

「王様のお馬さんだよ」

「どうして王様のお馬さんに乗ってるの？　セナは王様とお友達なの？」

「そっ……、そうだね」

質問をしたがる年頃だったことを失念していた。そもそもアスランについてどう話すか決めていなくて、言葉が続かない。何を言おうか考えていると、毎日会えないから、ミラの成長に沿った変化が把握できないのだと気づいてしまった。

もし本当にアスランの番になれたら。贅沢がしたいわけでは決してないけれど、家計や将来の不安は一切なくミラと共に暮らせる。アスランならミラに教育を与えてくれるだろうし、もしアスランの子を授かれば、ミラに妹か弟ができる。

けれど異父姉であることは隠さなければならず、疎外感を与えてしまうかもしれない。娘と呼ばないだけで娘としてミラを愛していくけれど、それがどこまで許されるのかもわからない。

「私も王様とお友達になれる？」

無邪気な声に自問の悪循環から引き戻されたセナは、答えを考えるためにまた黙ってしまった。

アスランとは友達どころか親戚《しんせき》になる可能性があって、その理由や必要な手順など、複雑な現状にあるなんてどう説明すればよいのかわからない。それに、無暗に友達になれると言って、ミラが孤児院で他の子供たちに話せば、羨《うらや》ましがられて妙な注目を浴びるか、嘘つき呼ばわりされかねない。

なんと答えればよいか。考えた末、問題や感情を抜きに話せばよいのだと気づいた。

「人との出会いはめぐり合わせだからね」

「めぐり合わせ？」

「出会う相手も時間も場所も、運命が決めるんだよ」

どんな出会いにもいえることだ。意味はわからずとも、おおよその感覚さえ摑んでくれればと思ったとき、ふと、アスランとの出逢《であ》いが運命のはたらきだったことを思い出した。

そして、ヤウズとの出会いも運命の仕業だったことも。

ミラを授かったのもまた運命であり、心の底から感謝している。

「ちょっと難しいよ」

「はは。そうだったね。そろそろ休憩しようか」

小さな頭を撫でて、心の中で囁《ささや》く。

肩身の狭い思いも、身の置き場がない思いも、絶対にさせない。親として必ず盾になり、傍に居るから、さらなる幸せを追うことを許してほしい。

「セナとお馬さんに乗るの、とっても楽しい」

「ミラと一緒に出かけられて、楽しいよ」

浜辺に布を敷き、昼食を広げると、離れたところで護衛が馬から降り、昼食を摂るのが見えた。日々の生活が一変するのをひしひしと感じながら、セナは可愛《かわい》い娘との穏やかな時間を過ごすのだった。

王后になるのに必要な教育を受ける日々が始まった。王宮の二階にある部屋を与えられ、アスランが用意してくれた美しい衣装を纏《まと》い、朝食後から夕食前まで、作法やしきたりを学ぶ。

歴代国王の名を順に暗唱できるようになり、語れるほどアルバールの歴史を覚える。最初の課題はこれだったのだが、訓練所である程度習っていたので苦労はしなかった。

歴史の教師に褒められ、始まりは好調だったが、問題は作法と慣習についてだった。貴族女性の監督役を任されている女官長に教わるのだが、明らかにセナを疎ましく思っていて、まともに教示してくれない。

今日は不必要なほど早口で話すという手段をとってきた。椅子《いす》に座り机を前にして話を聞いているのだが、聞いたことを書き取らせてくれない。なんでも、作法は身につくもので、文字で覚えるべきではないそうだが、要点を書き残してあると後々便利なのは歴史も作法も同じではないのだろうか。

納得はいかないけれど、真剣に話を聞き続けた。だが、意欲を見せるほど、女官長は不服そうにする。

「もう一度言っていただけませんか」

嫌がらせに対し感情的になるのも馬鹿らしい。必要なことが学べればいいので、早口すぎて聞き取れなかった部分を繰り返してほしいと言えば、素顔を隠す生地の向こうで、不満げな顔をされたのがわかった。

王后は、言ってみればアルバール女性の頂点にある立場だ。貴族女性を束ねる立場の女官長からすれば、セナが庶民というだけでも不服だろうに、男性のオメガとなればさらに受け入れ難いのは、理解できなくもない。けれど、せめてアスランのためと思ってもうすこし融通をきかせてくれればというのが本音だ。

覚える内容と量よりも、教えてくれる女官長の態度に頭痛を覚えていると、夕方になってアスランが部屋へやってきた。

予告なく開いた扉のほうから揺れる宝飾品の音が聞こえ、ほっとしたセナは、立ち上がってアスランへ頭を下げる。

「邪魔をするつもりはなかった。続けてくれ」

快活な笑顔でそう言ったアスランは、座るように仕草で指示をする。けれど、セナは立ったまま、状況の打開を図る。

「どうした、セナ」

「作法は頭で記憶するべきものですが、恥ずかしながら私は座学のように書かなければ覚えられません。教わったことを記録する許可をいただけませんでしょうか」

あくまで自分の力不足として言えば、アスランはなぜ今まで書き取ってはいけなかったのかと一瞬不思議そうな顔をしてから、問題ないと笑った。

「セナの好きなように習得に励むといい」

「ありがとうございます」

何かを学ぶとなると徹底したい性格だから、要点を記録できるようになって胸がすっきりした。笑顔で礼を言えば、アスランも満足そうだった。

夕食は毎晩アスランと二人だ。席は露台だったり庭園の東屋《あずまや》だったりと変わるが、今日はセナの部屋にある露台で美食を味わう。

日中は顔を合わせる時間がないに等しい。相変わらず多忙なアスランだが、一緒に過ごせるときは、セナが気を遣わずに話ができるよう他愛《たわい》のない話題を選んでくれる。

「伴侶とは、気を遣って話す相手ではないだろう。すこしずつでいいから、セナも慣れていってくれ」

そう言ってもらえても、アスランの意見に賛同して、話を聞くばかりになる癖はなかなか抜けない。それには絶対的な主君という概念もあるし、曖昧《あいまい》な立場のせいもある。

アスランだってセナを婚約者にしたいだろうけれど、未《いま》だヤウズが見つかっていないのと、番を解く方法が一つしかわかっていない現状がある。オメガや番の性質について有力な情報には懸賞金を出し、国中の憲兵にヤウズを探させているけれど、収穫はまだない。

それでも、アスランは至極前向きだ。必ずセナを番にし、王后にするという決意はまったく揺らいでいない。

「明日はミラに会いにいくのか」

夕食後の菓子を食べながら、アスランが穏やかな声で訊《たず》ねた。

「はい。以前よりも頻繁に会えて、とても喜んでいます」

五日に一度、ミラに会いにいく許可を貰った。本当はセナの姿を誰にも見せず、自分だけのために仕舞っておきたいくらいだろうに、まだミラを王宮に呼べる段階でないからと、会いにいく時間と自由をくれる。

セナよりも年下で、世の男性なら結婚について考えはじめたばかりという年齢なのに、これほど慮《おもんぱか》ってくれるなんて、度量の広さに心底頭が下がる。

「陛下のお心遣いに感謝しています」

「当然のことだ」

ともすれば厄介なはずのミラの存在も、過去も、すべてをひっくるめて受け止めてくれる。これほど思慮深いひとの伴侶になれるなら、王后になるための勉励がどれほど苦痛でも耐えられる。

菓子を食べ終え、チャイで一息つくと、アスランの大きな手が頰にあてがわれた。

「俺のセナ、寝所で待っているぞ」

そう言って頰を親指で撫でると、アスランは去っていった。

発情期から、アスランはセナを彼のセナと呼ぶようになった。自分は他の誰のものでもなく、国王アスランのものなのだと、名を呼ばれるたびに知らされる。意志の強さが独占欲とも繫がっているのかもしれない。その強い想いに応えるためにセナがすべきことは、身を清め、アスランの寝室に行くことだ。

王后教育が始まってから、毎夜アスランに求められている。毎晩情欲に浸るなんて神に呆《あき》れられそうだけれど、熱い視線で溶かされそうになる快感が堪《たま》らなくて、足がアスランの部屋へ向いてしまう。

身を清めたセナは、寝間着の上に頭から布を被《かぶ》り、隠し階段を登る。この階段はセナの部屋と国王の部屋を行き来できる秘密の通路だ。

なぜ隠し階段があるかというと、セナの部屋は代々の王后が使ってきた部屋だからだ。国王と王后はそれぞれに部屋があり、夜を共にするときはどちらかの寝室を使う。夫婦の逢瀬《おうせ》がいつ起こっているのか誰も知らなくてよいからと作られたのが、この階段だそうだ。

階段を登りきり、アスランの居間に出る扉の前に立ったとき、居間から声が聞こえた。

側近がアスランに何か言っているようだ。

立ち聞きはよくないと思い、一度階段を下りようとするも、自分の名前が聞こえて足が動かなくなった。

「本来なら、陛下と婚姻を結ぶ者は純潔であるべきなのです。せめて婚儀が正式に決まるまで自重してください」

側近は、アスランが毎晩セナを寝室に呼ぶことに苦言を呈しているようだ。女官長もそうだが、この側近もセナのことを良く思っていない。

「セナとは生まれたときから婚約しているようなものだ。邪魔さえなければすでに娶っている。我が伴侶として寝所に呼ぶことの何が悪い」

「恐れながら、陛下はオメガの気にあてられておられるのではありませんか」

側近が毎晩の逢瀬を止めようとしているのは、アスランがオメガの誘惑に屈していると思っているからだ。色欲とオメガの性に惑わされ、卑しいオメガを王宮に入れてしまったと、アスランの正気を疑っている。

「あてられているのではない。番うべき相手だと確信しているだけだ。小言を言う暇があるなら罪人ヤウズを探し出せ」

誰が何を言おうと、アスランはセナを伴侶にする気だ。決意を覆せないとわかり、側近が不服さを隠しつつアスランの部屋を出ていくのがわかった。

セナが抱える頭痛は、女官長の嫌がらせだけではない。自分がアスランの伴侶になっては、誰もアスランを祝福しないのではないかという不安もだ。

今夜は部屋へ帰るべきだろうか。迷ってみたけれど、アスランに呼ばれたのに行かないわけにはいかない。

足取り重く居間へ入ると、アスランはおらず、寝室の扉が開け放されたままなのが見えた。

入り口から寝室を覗くと、アスランは少々苛立《いらだ》った表情で寝台に腰かけていた。けれどセナに気づくと、ぱっと表情を明るくして、嬉しそうに手招きする。

「待っていたぞ」

「長湯をしてしまいました」

咄嗟《とっさ》にもっともらしい言い訳をして、傍まで歩み寄ると、目的を持った視線を向けられた。セナは頬を染めながら、寝間着を脱いでいく。

裸になると、アスランは満足そうに笑って立ち上がった。

「いつまでも初心な顔をするな、セナは」

全身を晒すのは、慣れようがないほど恥ずかしい。

顔から湯気が出そうなのに、自分から裸になるのは、セナには隠しごとがないことを表すのと、この身体は国王アスランのためだけにあると示すためだ。それが閨《ねや》での作法だと、アスランが教えてくれた。

気分や流れによっては、アスランが服を脱がせることもある。けれど、セナが身体を差し出す意思表示をするほうがより満足してくれる。

アスランはすべてを従える男だ。神に選ばれてそう生まれてきたのは、寝所でセナを前にしても変わらない。

「お前の色香は見ているだけでもむせてしまいそうだ」

アスランを惹きつける匂いを発してしまっているのが、なんとなくわかる。さっき側近が言っていたように、アスランは本当にオメガの匂いにあてられているのかもしれない。

会話を聞いてしまったせいでどうしても気になってしまい、思わず目を伏せると、唇に甘く噛《か》みつかれた。

意識が散ったのを咎めてから、アスランはセナの口を吸い、唇を開かせて舌で口内を愛《あい》撫《ぶ》しはじめた。腰を撫でた手が双丘に滑り、そこを揉《も》まれると、途端に淫《みだ》らな予感が頭の中を支配して、不安や心配が消えていく。

深いくちづけに懸命に応えていると、勢いづいたアスランが唇を離した。

「寝台に上がれ」

淫靡《いんび》なくちづけのあと耳元で囁かれ、セナは小さく頷いて寝台に上がった。

特別大きな寝台の中心に身体を横たえると、アスランはセナの肌を眺めながら寝間着を脱いでいく。

毎夜必ず、アスランはこうしてセナの裸を見る。熱い視線には真剣な色が混じっていて、セナの髪一本から爪《つめ》の先まで、自分のものであることを確かめているのだ。

捕食されるのを待つ獲物のように裸体を晒すのは、羞恥《しゅうち》を煽《あお》られる。けれど、むき出しの独占欲を感じると堪らない気分になるから、組み敷かれるまでのじれったい時間は、自分でも意外なほど好きだ。

アスランが寝台に上がってきた。今夜は、右脚にくちづけの軌跡が残された。下腹から胸にもくちづけが降ってくる。

熱い指先が下肢のあいだに滑り込み、蕾《つぼみ》を探し当てた。すこし濡《ぬ》れているそこに、躊躇いなく指がさし入れられる。

「んっ……」

毎夜アスランを受け入れているそこは、難なく指を飲み込んでいく。ただ発情期ほど濡れないから、アスランが丁寧に溶かしてくれる。

「ああ……、陛下」

内腿《うちもも》に重なっている逞《たくま》しいものが欲しくなって、ねだるような声を上げていた。快楽を知った身体はこうも貪欲《どんよく》になるものかと羞恥心が湧くけれど、熱のこもった目で見つめられ、膝裏を押し上げられれば、期待に心臓が駆ける。

切っ先が蕾を開き、奥へと進んでくると、やはり頭痛が起こる。だが、敏感な箇所を昂《たか》ぶりに撫でられれば、えもいわれぬ快感が痛みを凌駕《りょうが》する。

唇が重なってから、律動が始まった。

腰を打ちつけるアスランは、セナの色香に夢中になっている。自惚《うぬぼ》れではなく、没頭しているのが見えるから、アスランの情欲はオメガ性が引っ張り出したものではないかと、最中に思ってしまった。

すると、それを気取ったアスランに、胸の突起を噛まれてしまう。

「あぁっ！」

愛撫を待ち望み、尖《とが》ったそこを甘噛みされて、セナは喘《あえ》いだ。意識が繋がっている箇所に戻ってきて、その激しさが雑念を追い払う。

「気が散る隙があるということは、まだ満足できないということか」

不敵に笑んだアスランは、咎めるように鎖骨に吸いつき、赤い痕《あと》を残した。その次は首や胸と、契りの印を刻んでいく。

オメガの性器ではなく男の秘所を責められ、快楽に喘ぐセナの腰を労《いた》わるように撫でたアスランは、そこにある淡い色の痣を指先で辿《たど》った。

腰の痣は、帯剣し続ける騎士の特徴だ。革の腰帯が衣服の上から肌を擦《こす》るせいで、経験を積むと共に色が濃くなる。

「明日は、いつかの手合わせの約束を果たそう」

騎士と主君として交わした約束を口にしたアスランは、嬉しそうに破顔したセナの内腿を摑んで大きく腰を押し出した。

「ああっ！」

「今夜の愉しみが先だ」

手合わせという言葉に浮かれかけたセナを、欲望の切っ先で咎めてから、アスランは、想いの丈を知らせるように、何度もセナを責め上げるのだった。

毎夜濃密なときを過ごし、日中は勉学に励むという日々が数週間続いたが、遂にセナはアスランとの夕食を断り、寝室に行くのも断ってしまった。体調不良と言ったけれど、実際は心労が原因だった。

アスランに向けられる情熱と、国王の周囲にいる者たちに向けられる蔑視《べっし》の温度差に耐えられなくなってきた。どれほど努力しても、運命を感じ惹かれ合っても、アスランが祝福されないのなら、自分はやはり傍にいてはいけないと考えざるを得なくなったのだ。

女官長や側近がただ自分を嫌っているだけで酷な態度をとるなら、好かれる努力をするし、それまで耐える。けれど、国王のために、王家の伝統と威厳を守ろうとするからこそ、最下層の平民であるセナを認められないのだから、反感は抱けない。自分が側近の立場だったら、あからさまな態度はとらずとも、内心では同じように抵抗を感じたはずだ。

アスランの情熱に応えるために、自分にできることはあるのだろうか。悩みながら自室で床に就くと、アスランがやってきた。

「気分はどうだ」

垂れ絹の向こう側に立派な体軀《たいく》の影が見える。手がこちらに伸びてくるのがわかり、セナは言った。

「陛下に風邪《かぜ》をうつすわけにはなりません」

「顔が見たい」

心配する声をはねのけられず黙ると、垂れ絹が捲り上げられる。

「食事も喉《のど》を通らないほど体調を崩したと聞いたが、思ったより元気そうでよかった。疲れが溜《た》まったのだろう、ゆっくり休め。明日も、気分が良くならなければ休んでいるといい」

「恐れ入ります」

体調に不安はないから、俯いて答えてしまった。アスランは数拍何かを考えるように黙ってから、寝台に腰かけた。

「俺のセナよ、何か気がかりなことでもあるのか」

やはり気取られてしまっただろうか。そうだとしても、仮病の理由は言えない。

「いいえ。すこし休めば治ると思います」

浮かない表情のわけを探ってくれる優しさに、正直になれないのはとても心苦しい。けれど、本当のことは口にできない。言ってしまえば、アスランは忠誠を誓う臣下たちを咎めてしまうからだ。

オメガの気にあてられているとまで言われてしまっている今、側近や女官長を咎めようとすれば、アスランは正気まで疑われてしまうかもしれない。

「陛下もお休みになってください」

自分にできるのは、周囲が認めたくなるくらいひたすら努力すること。孤児だった自分が、努力を重ねれば騎士になれた。今度だってできるはずだ。

精いっぱいの微笑みを向けると、アスランも笑みを返してきた。そして静かに部屋を後にした。

翌日、気持ちを新たに王族のしきたりを教わったが、やはり風当たりは厳しかった。まともに教えてもらえず、遂には過去に受けた説明と真逆のことを言われ、何がでたらめかもわからない状態に陥れられたことを察した。けれど、それでも食らいついていけば、昼食の直後アスランの側近がセナのところへやってきた。

「そこまで必死になるほど、王后の座は魅力的ですかな」

まるで権力欲しさに王宮に居座っているような物言いに、怒りの沸点を試されているのを感じながら、セナはできる限り冷静に答える。

「立場に関心を抱いてはおりません」

王后になりたいのではなく、アスランの傍にいたいだけだ。

恋慕を抱いた相手が国王で、その国王が伴侶にしたいと言ってくれるから、必要な教養を身につけたいだけ。生まれ持った身分が低いことも、純潔でないことも、それが未来の王后にふさわしくないことも痛いほど理解している。だからこそ、アスランの恥にならないよう努力をしているつもりなのに、側近にはまるで通じない。

「たった一人の家族に贅沢をさせたいと思う気持ちは、庶民も貴族も変わらないでしょう」

今度は嫌味にミラを利用してきた。騎士として純然な努力を重ねてきた自負があるから、さすがに聞き流せなくて、側近の思惑どおりなのはわかっているのに不快な顔をしてしまう。

狙いどおりセナを苛立たせた側近は、さらに続ける。

「それほど家族が大事なら、ずっと傍にいてやってはどうですかな。ただし、王宮の外で。陛下を誘惑することにかまけていては、いつの間にか大事な家族がいなくなってしまうかもしれませんぞ」

嫌味ではなく、脅迫だと気づいた瞬間、顔から血の気が引いた。

自分がアスランと結ばれる夢を見たせいで、なんの罪もないミラが危険に晒されるかもしれない。側近が手を回すかどうかが問題ではない。このまま自分に対する反感が高まれば、もし本当にアスランの伴侶になれたとしても、この王宮でミラがどれほど酷い扱いを受けることになるか。

想像するだけでもおぞましい。

アスラン以外の誰も、絶対に自分という存在を受け入れない。考えないようにしていたけれど、アスランの右腕であるはずの側近がミラを使って脅してきたなら、これが最後通告だ。

「よく考えられるといいでしょう」

嫌な笑みを浮かべて去っていく側近の後ろ姿が、ひどく霞《かす》んで見えた。

アスランにどう断れば、王宮を出ていく許可を貰えるだろう。二度と戻らないと、どうすれば認めてもらえるだろうか。

考えたって答えはない。ここまで手を尽くしてもらっておきながらすべてを投げ出すなんて、許してもらえるわけがないのだ。自分は、アスランのものなのだから。

残された道は、黙って出ていくことだ。きっと、憲兵に探されるけれど、身を隠せる場所はどこかにある。

自分のためにあつらえられた女性用の衣装を脱ぎ、思い出に取っておいた騎士の白い装束を着た。そして悲痛に顔が歪《ゆが》むのを堪え、召し使いが使う裏廊下を走り抜け、王宮の庭に出る。

心の中で、何度もアスランに詫びた。手を尽くしてくれたのに、投げ出すこと。情熱で包んでくれたのに、応えられないこと。そして、アスランの伴侶になる夢よりも、ミラの親であることを選ぶこと。

怪しまれないよう、庭の端を急ぎ足で裏門へと進みながら、セナは湧いてくる悔しさに蓋《ふた》をする。

アスランと番になるなんて、最初から無理だった。ヤウズが原因ではなく、ただ単純に、孤児のオメガという事実はどれほどの努力があっても消えないのだ。

それなのに、アスランは夢を見せてくれた。半年前には想像もできなかった夢を、抱かせてくれた。

それだけでもう充分だ。

自分に言い聞かせるけれど、刃《やいば》が刺さったみたいに心臓が痛くて、悲しくて辛くて涙が溢れそうだった。それでも裏門まで必死に堪え、王宮に呼ばれていた騎士を装い、門番に会釈をして門を通る。

王宮を出ると、グドラで顔をできるだけ隠し、孤児院に向かってひたすら走った。堪えきれない涙がグドラを濡らし、頬に張りついて気持ちが悪いのに、それを気にする余裕などあるはずもなく、がむしゃらに駆けた。

靴擦れを起こしても走り続け、汗と涙に濡れた顔のまま孤児院に駆け入ると、セナも世話になった職員が驚いていた。

「セナ。どうしました」

「ミラは、どうしていますか」

肩を揺らし、上がった息をそのままに訊けば、異常を察した職員はセナを安心させようと、努めて穏やかな声で答えてくれる。

「庭で遊んでいるはずですよ」

息も絶え絶え、明らかに情緒不安定だったけれど、職員は「悪い夢でも見たのですね」と慰めてくれ、ミラを連れてきてくれた。

「どうしたの、セナ」

顔を見るなり、心配そうに駆け寄ってきたミラは、しゃがんだセナの首に両手を回し、抱きついてきた。

「悪いことがあったの？」

小さな手に頭を撫でられ、抱きつかれたのではなく、慰めるための抱擁だったことに気づいた。純粋な優しさに胸を打たれ、セナは思わず言ってしまう。

「大切な友達を失くしてしまったんだ」

小さな身体を抱きしめると、ぎゅっと抱き返された。

「悲しいね」

ミラは静かに受け止めてくれた。いつの間にか人を支えようとするくらいまで成長していたことにあらためて気づき、その過程に寄り添えなかったことが口惜しくなった。

これからは、日々の成長を見届けたい。

今までの何もかもと決別し、ミラと一緒の生活を始めると、セナは遂に決意した。

王属騎士の報酬は、庶民にとって高額だ。無駄遣いをしない独身騎士なら、着実に蓄えができる。騎士団には預金できる機関があり、退役しても五年間利用できる上、アルバールで最も安心かつ安全なので、騎士はこぞってこの機関を利用する。

セナももちろん報酬を預けていたが、足はそこへ向かなかった。

無断で王宮を抜け出し、アスランの顔に泥を塗った身だ。アスランの追手に待ち伏せされている可能性は非常に高く、見つかればどんな咎めを受けるかわからない。考えた末、しばらくは預金を引き出しにいかないことにした。

そのせいで、ミラと二人の生活を始めようと決めたのに、いきなり資金不足に陥ってしまった。ほとぼりが冷めるまで、セナ自身も食べていかなければならない。けれど、オメガが就ける継続的な仕事は売春街以外には存在しない。それでも必死の思いで日雇いの仕事を探すと、荷馬車の護衛に行きついた。

貿易要所であるアルバールは、海路だけでなく陸路としても重要な通過点だ。高価な品や食料が国中を往来するため、慢性的に盗賊被害に悩まされている。

王都には荷馬車の護衛をする傭兵《ようへい》のあっせん所がいくつもあり、セナは一番の老舗《しにせ》に頼ることにした。助かるのは、報復の対象にされないよう、傭兵は皆終始顔を隠し、偽名を使うことだ。

最初は信用がないので報酬の少ない近距離の護衛から。成功すると徐々に良い報酬が貰える大きな商隊の護衛ができるようになる。

安宿を転々としながら、毎日あっせん所に通った。小柄なセナはなかなか仕事を任せてもらえず、仕事がない日は奴隷に混じって港の荷運びをしたりもした。料理屋や店の番は顔を隠せなくて憲兵に見つかる恐れもある。掃除夫なども貴族や商人の家々でしか雇っていないから同じことだ。けれど奴隷に混じっていれば顔や名前を知ろうとする者に会わない。

剣技に自信はあっても、重たい荷物を一日中運ぶだけの体力があるかと訊かれればそうではない。土の床に布を敷いただけの、宿と呼ぶにも粗末な安宿に泊まるのが精いっぱいという安賃金で荷運びをしながら、報酬の割りが良い護衛の仕事を回してもらえるまでひたすら耐えた。

ミラを連れて出かける余裕のない日々が数週間続いたが、五度目の護衛が転機となった。たまたま賞金首と出くわし、難なく退治したセナは、一足飛びに大商人の護衛を任せてもらえるようになった。

「よう、アリ」

朝一番にあっせん所に行くと、ジャンスという若い傭兵が声をかけてきた。アリとはセナの偽名だ。

「やあ。今日も元気そうだね」

セナより一回り大きな体格で、歳《とし》も近いジャンスとは、ここ数回同じ荷馬車の護衛について、挨拶《あいさつ》をする仲になった。

「港の大商船を見たか？　今日は稼げる気がするぜ」

意欲的なジャンスは随分腕が立つ。素性を訊かないのが傭兵同士の暗黙の了解なので、なぜかは知らないけれど、厳しい剣術の訓練を受けたのが見ていてわかる。

そんなジャンスの読みどおり、大商隊の護衛が二件も入っていた。一つは国境までの長距離輸送で、もう一つは二つ街を越えたところまでの中距離輸送。報酬は少なくなるが、セナは明日に帰ってこられる中距離輸送に希望を出した。

貸し出される馬を迎えにいくと、ジャンスも後ろをついてくる。

「長距離にしなかったのか」

稼ぎたがっている様子だから、てっきり長距離を選ぶと思っていた。ジャンスは肩を竦《すく》める。

「報酬は魅力だが、長距離の砂漠越えは慣れていないと生きて帰れないからな。俺は王都育ちで砂漠越えの経験がないから、確実に稼げるほうを選んだのさ」

言われ、セナも最近まで王都しか知らなかったことを思い出した。

護衛で他の街まで行くようになり、王都は人口が飛びぬけて多いことや、物価や家賃も随分高いことを知った。おかげで、あと何度か報酬の良い護衛をすれば、騎士団の預金を引き出さずとも、小さな町でならミラと二人での生活が始められることに気がついた。

「命あっての物種だからね」

無事に帰ってこられなければ、ミラとの暮らしは夢で終わる。静かに気を引き締めていると、

「何事も無理は禁物だ」

と念を押されてしまった。

「ジャンスは意外と慎重なんだね」

金銭のためなら少々の無理も押してしまいそうな男だと思っていたから、そんなことを言ってしまった。するとジャンスは、人差し指をセナに向ける。

「腕の立つアリを砂漠越えなんかで損ねるわけにはいかないからな」

そこまで言ってくれるとは。それほど、仲が良くなったと思ってくれているのだろうか。もしくは、砂漠越えは想像できないほど過酷だと教えようとしているのかもしれない。どちらにせよありがたいことだ。

「剣の腕には多少自信があるけど、君には敵《かな》わないよ」

ジャンスの腕は近衛騎士と肩を並べるか、俗世慣れしているぶん、状況によっては上をいくかもしれない。褒め言葉を返すと、なぜか小声で言われる。

「アリが元気でいてくれないと、俺が楽をできないだろう」

軽口にしては妙な真剣さを感じた。不思議に思いつつも、セナは、

「頑張るよ」

と答えた。

明朗な性格で腕の立つジャンスが一緒なら、この中距離護衛も幾分か気楽だ。馬に乗ったセナと数人の傭兵は、関所の手前で大量の荷を積んだ大型の馬車と合流した。

ミラと散策した浜辺沿いの道を進み、休憩地点となる隣街を目指す。途中で荷馬車の車輪が轍《わだち》にはまって動けなくなり、予定より一時間ほど遅れて隣街に到着した。目的地の次の街に着くのは夜だ。陽が翳《かげ》ってくると、道中で盗賊だけでなく獣にも出くわす危険性がある。明日目的地に向けて出発するのが賢明な状況なのだが、ジャンスが危険性を言っても、商人は聞こうとしなかった。よほどの急ぎの荷があるらしい。仕方なく、一行は目的の街に向けて出発した。

「脅かしたいわけじゃないが、油断するなよ」

休憩地を出てすぐ、ジャンスがセナと馬を並走させてそう言った。セナも、大事な荷物だからこそ慎重になるべきだと思っていたところだ。

「ジャンスがあれだけ言ったのに、危険を承知で休憩地を出たんだ。目的地に着いたら報酬に上乗せするよう言ってくれよ」

冗談半分で言えば、ジャンスが不敵に笑んだのがグドラ越しに見えた気がした。

私語はここまでで、セナたち傭兵はいつにも増して警戒しながら先を急いだ。

陽が傾くと、風が強くなってくる。砂埃《すなぼこり》と街道の両端に点々と生えた幅広の木々で、視界が悪くなったころだった。

右手からひゅっと嫌な音がした。と同時にジャンスが、

「盾！」

と大声で全員に危険を知らせた。間一髪全員が金属製の盾で頭を守った瞬間、いくつもの矢が降ってきて、セナの盾も矢の雨を浴びた。

やはり無謀だったか。混乱しないためにも、わざと内心そう呟《つぶや》いたセナは、盾に打ちつける鏃《やじり》の鋭い音に、賊と対峙《たいじ》する緊張感を高めていく。

乗っていた馬に矢が刺さらず、振り落とされずに済んだ。賊が次矢を構える数拍のあいだにセナは荷馬車に飛び移り、商人を守る。

凶悪な盗賊団だ。姿を隠したまま無差別に矢を撃ってきたということは、傭兵や商人を皆殺しにして金品を根こそぎ奪っていくつもりだ。普通、盗賊といっても命を取るのは躊躇うくらいの良心は捨てていないものだが、今セナたちを狙っているのは非情な輩《やから》で、状況は圧倒的に不利で危険だ。

怯《おび》える商人を守りながら、盾で矢の雨に耐えた。最初の一矢を防げたなら、矢が尽きた盗賊が姿を現すまで、混乱せずに耐え忍ぶしかない。

冷静であることが命の鍵《かぎ》だ。

矢の雨が止《や》んだ。耳を澄ませ、足音が近づくのを待つ。矢が刺さってしまい、暴れた馬が蹴《け》り上げた砂埃で視界が悪い。護衛全員が息を殺して盗賊の気配に神経を張り巡らせる。足音が一つ、二つと徐々に近づいて、盗賊の人数がセナたちよりも随分多いのがわかった。

この状況を切り抜ける手段は二つ。貿易路を警邏《けいら》している警備兵に見えることを祈り、緊急の信号弾を打ち上げるか、傭兵の力だけで応戦するかだ。

信号弾の短所は、警備兵がよほど近くにいないと見えないことと、盗賊の神経を逆撫でするところだ。焦った盗賊はより攻撃的になる。藁《わら》にも縋《すが》る状況にならなければ信号弾を使わない。

嫌な汗が額を濡らすのを感じながら、盗賊の出方を探っていると、いつの間にか背後に来ていたジャンスが小声で言った。

「信号弾を使うぞ」

セナより護衛の経験が豊富なジャンスがそう判断するなら異論はない。セナはただ盗賊から自分と商人を守ることに徹するだけだ。

ジャンスが信号弾を打ち上げると、やはり盗賊が一斉にかかってきた。相手は十五人ほど。馬と荷馬車をまるごと盗んでいくつもりで、セナたちの命を狙ってくる。

商人に盾を持たせたセナは、次々と襲いかかってくる盗賊を斬《き》っていく。

できることなら、戦意を喪失させる怪我《けが》でとどめたい。傭兵は処刑人ではないし、セナは誰も殺《あや》めたくないのだ。

殺す気でかかってくる賊を相手に加減するのは容易ではなかった。それでも、急所を外して、手首や肩を狙う。

二人目を退治したとき、数頭の馬が駆けてきた。信号弾を見て警備兵が駆けつけてくれたらしい。騎士ほど腕の立つ警備兵はいないと思うが、それでも多勢と交戦しているセナたちにとっては心強い。

もう一人賊を倒したセナに、死角から賊が襲いかかってきた。

右腕を狙って躊躇いなく剣が振り下ろされた。一瞬心臓が締まるのを感じながらも刃をかわし、間合いを取る。

不意打ちに失敗し、舌打ちをした賊が、剣を握り直して正面から斬りつけてくるのを刃で受け止めたときだった。

グドラの隙間から覗く目が、知っている男のものだと気づいた。

見間違えるはずがない。自分を侮辱し、番の制約を課した男。目の前にいるのは、ヤウズだ。

「ヤウズ！　貴様、賊に堕《お》ちていたのか！」

　まさか殺しを厭《いと》わない盗賊になり下がっているとは。盗みと殺しという二つの大罪を犯して生きているなんて、元騎士として、番にされたオメガとして、そしてミラの親として、絶対に許せない。

　最悪な再会に、激しい怒りがこみ上げる。

「その声は、セナか」

　傭兵と盗賊としてセナと対峙することになるとは思ってもみなかったのか、ヤウズも驚きを隠せずに勢いを削《そ》がれていた。

　贖罪《しょくざい》の意思を欠片《かけら》でも見せればセナは剣を下ろすつもりだった。が、一歩引いたヤウズが剣を握り直すのが見え、悪に手を染めたことに、後悔を微塵も感じていないのがはっきりとわかった。

　頭に血が上り、ここで成敗してやると剣をきつく握り直した。斬り込んでくる勢いを逆手に取り、急所を突こうとした瞬間、ヤウズの顔面に石が投げつけられた。

「うああっ！」

　大声でうめいたヤウズが体勢を崩した。はっとして我に返ると、ジャンスがセナの前に割り込んで、倒れたヤウズの腹を思いきり蹴った。そのまま剣は使わず、起き上がれなくなるまでヤウズを蹴り続けた。

周囲を見回せば、残る傭兵は一人ずつ賊と交戦中で、他の賊を、セナも最近まで着ていた白の装束を纏った男たちが退治している。

王属騎士だ。ヤウズに気を取られ、加勢が騎士だったことに気づけていなかった。なぜ王都から離れた街道に王属騎士がいるのか。呆気《あっけ》にとられるセナの前で、ジャンスはヤウズのグドラを乱暴に剝《は》いだ。

「こいつは国王から直々に手配されている重罪人だ」

言われ、セナは唇を噛んだ。ヤウズが手配された原因は自分にある。けれどそれは、セナが王宮を逃げ出す前の話だ。

手配書はもう無効になっているかもしれない。言いたいけれど言えるわけがなく俯けば、ジャンスは力なく抵抗するヤウズの腹をもう一度蹴って、後ろ手に拘束した。

「やっと見つけたぞ、糞野郎《くそ》」

いつになく荒々しいジャンスに、残りの賊を退治し終えた他の傭兵たちも驚いていた。

「てめえがこそこそ隠れていたおかげで、こっちは大迷惑だったんだ」

グドラでヤウズの口をきつく塞《ふさ》いだジャンスは、呆然《ぼうぜん》とするセナの頭からつま先までを見た。

「怪我はないか」

「無事だ。怪我はない」

「それはよかった。お前が怪我をしたら俺の首が飛ぶところだった」

「えっ……」

言われた意味がわからず困惑していると、賊を退治し終えた騎士たちが剣を鞘《さや》に納めた。

ジャンス以外の全員が困惑するなか、一等騎士がジャンスに話しかける。

「ジャンス、よくやってくれた」

「どうも」

一等騎士と対等に話すジャンスは何者なのか。なぜ王属騎士がここにいるのか。状況が摑めず困惑するセナに、顔見知りの一等騎士が言う。

「セナ・シーパ、王宮へ向かうよう、国王からの言伝《ことづ》てを預かっている」

顔を隠していたのに、こうも簡単に素性を見破られてしまうものだろうか。それに、セナを王宮へ向かわせるのが、命令ではなく言伝てなのはなぜだろう。

命令でないなら、セナは王宮へ行くか否かを決められるということになる。無断で王宮を飛び出した負い目もだが、言伝てを届けてくれたのが元同僚の騎士なのもあり、拒否するという選択肢はセナの中にないけれど、アスランの心情がそこに見える気がして戸惑いを禁じ得ない。

アスランは、すべてを投げ出した自分を恨んではいないのだろうか。状況がまったく摑めず、アスランの気持ちも測り得なくて、立ち尽くしてしまいそうになった。けれど、ともかく今は、助太刀《すけだち》してくれた王属騎士たちにこれ以上の手間を取らせたくない。セナは顔を隠していたグドラを外し、黙って頷いた。

セナの答えを見て、一等騎士は他の騎士とジャンスに指示を出す。

「賊は警護兵に引き渡す。手配犯は王都の監獄へ送れ。決して殺すな。ジャンスはこのまま荷馬車の護衛を完遂してくれ。我々はセナを王都まで連れ帰る」

「了解」

指示を受けたものがそれぞれ役目を果たしに動きはじめるなか、セナは馬に乗るよう言われた。

あっせん所から借りている馬に、自分を振り落とさず、恐怖に耐えてくれた礼を言っていると、元同僚たちに王都へ向けての出発を知らされた。セナは騎士に前後左右を守られるかたちで、王都に向かって馬を走らせる。

「久しぶりだな」

走りだしてすぐに、並走している一等騎士に声をかけられた。

「お久しぶりです」

王都まで一時間以上馬を走らせることになるから、セナは思いきって訊いてみる。

「状況が読めないのですが」

ジャンスが放った信号弾に駆けつけたのが、なぜ王属騎士なのか。なぜ顔を隠していたのに簡単にセナだと気づいたのか。言えない事情があるなら、はぐらかされるだろうが、この一等騎士とは頻繁に会話する仲だった。すこしくらい何か教えてくれるだろうと思って待っていると、答えが返ってきた。

「我々は、国王陛下からセナの捜索と、見つけ次第極秘に監視と護衛をする命を受けた。命を受けた日には居場所を特定し、それからは離れたところから監視していた」

「つまり、私は荷馬車の護衛をしながら、騎士団に護衛されていたということでしょうか」

「そうだ。我々にとって最も護衛しづらく危険な仕事をセナが選んだときには焦ったぞ。セナの身を守る必要があるなら早々に王宮へ連れ帰るよう国王陛下に進言したが、手配犯を捕らえるまでは行動の自由を守るように命令された」

できる限り顔を隠し、安宿を転々としていたが、騎士から一般兵まで顔見知りがいるのに、王都を行動拠点にしていても見つからなかったのは、よく考えてみればおかしい話だ。

だが、泳がされていたのなら納得がいく。

「そんなことになっているとは知らず、ご迷惑をおかけしました」

今までの荷馬車の護衛は身の危険を感じることがなかったが、今日肝を冷やしたのはセナだけではなかった。知らなかったとはいえ、心配させて巻き添えにしたことを詫びれば、一等騎士は問題ないという。

「セナに怪我がなく、手配犯も捕らえられて一安心だ。国王の命を完遂できたから、胸を張って王都へ帰れる。ジャンスの活躍のおかげだ」

そういえば、ジャンスは一体何者だろうか。ヤウズの手配書は賞金首の情報のように傭兵までには伝わっておらず、セナも見ていない。

「ジャンスは一体……」

「ああ見えて密偵部隊の騎士だ。密偵部隊の存在を知っているのは騎士団でも上層部だけだから、セナは知らなかっただろう」

優秀な騎士の中でも潜入や偵察に優れた者が集められた部隊なのだろう。正体にまったく気づけなかったのだから、ジャンスはその中でも特に優秀なのかもしれない。

「ジャンスが私と同じ護衛に何度もついていたのも……」

「遠目に監視するだけでは、今日のような状況でセナを守りきれないから、セナと面識のなかったジャンスを傭兵として紛れさせた」

どうりで、傭兵には勿体ないくらい腕が立って、親切にしてくれたわけだ。納得していると、一等騎士がこちらを向いた。

「事情は知らないが、国王陛下はセナが戻ってくるのを心待ちにされているようだ。このままっすぐ王都へ向かうが、問題はないか」

「問題ありません」

本当は、どんな顔をしてアスランに会えばいいのかわからなくて、胃が縮みそうな気分だ。けれど、番にして王后にするために手を尽くしてくれていたのに、途中で投げ出したのは自分だから、その責任は取らなければ。

胸の内が複雑な色に染まるのを抑え、セナは騎士たちと日没と競うように馬を走らせた。


元同僚の王属騎士たちは王宮までセナを護衛してくれた。礼を言って別れたあとは、伝令を受けてセナを待っていた召し使いに離れまで案内された。

約一月ぶりに足を踏み入れた離れは、以前と変わらず手入れが行き届き、高い天井から吊《つ》るされた装飾灯が煌《きら》めいている。

また戻ってくることになるとは。もし王宮に戻る日が来ても、咎人の扱いを受けると思っていたから、馴染《なじ》みの召し使いが着替えを勧めてくれることが申し訳なくすら感じる。汗と砂で汚れてしまっているから、いつアスランに会ってもいいように、着替えはありがたく受け取った。そして顔を洗うための水を貰ったとき、離れの玄関扉が勢いよく開いた。

堂々とした足音と、宝飾品が揺れる音が聞こえ、そちらに向かってセナは片足を引いて深く頭を下げた。足音は躊躇うことなく目の前まで迫る。

きっと、端整な容貌《ようぼう》は憤りに染まっている。気後れしそうになるのを堪え、セナは顔を上げる。

叱責《しっせき》を覚悟して見上げれば、アスランはやはり険しい表情をしていた。罵声《ばせい》を浴びせられるのかと思いきや、アスランはなぜか俯いて、一呼吸置いてから、静かに口を開いた。

「よくぞ戻ってくれた」

離れに入ってきたときの勢いを消し去り、穏やかに話そうとするアスランの表情は、セナが二度と王宮に戻ってこない可能性を危惧《きぐ》していたことを物語っている。

無断で逃げ出し、アスランの顔に泥を塗ったのだから、恨みに近い感情を抱かれていてもおかしくないと思っていた。だから、言葉を選んで話そうとするアスランにすこし驚いて、黙って王宮から逃げ出したことを心底後悔し、そして言いようもないほど安堵《あんど》した。

小さく頭を下げると、アスランはまた一呼吸置いて言った。

「セナが王宮を去った原因は、理解したつもりでいる」

もしや側近や女官長が咎めを受けたのだろうか。確かに向けられた態度は険しかったけれど、それもすべて王家とアスランを守るためだったはずだから、本当に咎められたのなら申し訳ない。

なんと言っていいかわからず目を伏せると、アスランは彼の胸に手を当てる。

「最大の原因は俺だ。伴侶となるなら、気を遣わずに話せるようになるべきだと言ったのに、それがどういう意味なのか真に理解していなかった」

セナに何が起こっていて、どんな気持ちでいたか知らずにいたことを、アスランは深く後悔していた。無理に連れ戻そうとしなかったのも、気持ちが落ち着くのを待つためだったのかもしれない。

傭兵につきまとう危険を知りながら、セナを自由にさせていたのは不安だったはず。それでもアスランは、セナの意思を尊重してくれた。

「二度も同じ過ちを犯したが、もう繰り返さないと約束する。だから、もう一度俺の傍へ戻ってきてくれないか」

胸に当てた手を握り、答えを待つアスランは、国王ではなく、想い人を前にした一人の男だった。

真摯に見つめられ、正直な感情が溢れだす。

本当は、アスランの傍を離れたくなかった。身分の違いがなければ、本心を隠し、黙って王宮を去るようなことはしなかった。

アスランが一人のひととして求めてくれるなら、セナも自分自身に正直になりたい。

「身に余る光栄にございます」

これほど慮ってくれるひとから黙って去っていった自分は愚かだった。負い目から、堅苦しい答え方しかできなかったけれど、アスランの傍にいられる喜びを伝えた。すると、安堵の溜め息が聞こえ、直後に抱き寄せられた。

砂と汗に汚れているのに躊躇いなく抱きしめられて、身分の違いは自分たちを別つ障害にはならないと、ひしひしと感じた。

途端に胸の内が和らいで、身体から力みがとれた。セナが落ち着いてきたのを感じ、アスランは静かに言う。

「今日は随分危険な目に遭ったと聞いた。無事でいてくれてよかった」

温かい腕の中で、セナは小さく身震いをした。今日は確かに、凍りそうなほど肝が冷えた。ジャンスと騎士たちがいなければ、王宮どころか王都にも戻れていなかったかもしれない。

極悪非道な盗賊団のことを思い返し、ヤウズが捕まったことも思い出した。はっとして顔を上げると、察したアスランが頷く。

「番を捕らえたことも聞いた。盗賊団の所業を考えれば直《ただ》ちに賊の全員を処刑するところだが、番に関してはセナの意思を聞きたい」

「私の意思、ですか？」

盗みは厳罰、殺しは処刑がアルバールの法だ。なのに、意見を訊かれるのはなぜだろう。

「セナを俺の番にしたくて、ヤウズという男を探したが、番が解けるときに起こりえる弊害について、思慮が足りていなかった」

一方的にセナと番になろうとしていたように言われ、セナはかぶりを振った。

「番を解くのは、私が望んでいたことです」

もし弊害が起こってしまったらと考えると、尻込《しりご》みしてしまうのは事実だ。けれど、セナだってアスランと番になれればと切に願っていた。それが伝わらなかったのはセナのせいでもある。なのに、アスランは負い目を感じてしまっている。

「番から解放されたかったとしても、娘が気がかりだっただろう。荷馬車の護衛という危険な仕事を選んだのも、娘を引き取るためだったと察している。己の望みを叶えることばかり考えて、セナが娘を思う気持ちを蔑《ないがし》ろにしていた。それでは伴侶になる身として失格だ」

一言命じるだけで、ヤウズを処刑し、セナを番にして、ミラを王都から追い出すこともできるのに。アスランは決して力で状況を変えようとはしない。今までも、意志の強さから行動が先走っていただけで、アスランはセナの気持ちを蔑ろにはしていなかった。

行き違いの原因はセナにもある。それを痛感し、アスランと同じだけの覚悟を持って向き合えなかった自分が恨めしくなった。

唇を嚙むセナが何を悔いているのか、アスランは気づいているようだった。宥めるように両腕を優しく摑み、想いを視線にのせてセナを見つめる。

「弊害の例がない番の解き方について新しい情報を得た。だが、実際に何が起こるかはわからない。万一のことが不安ならば、番は解かなくてもいい。番にならずとも、伴侶にはなれる。それだけでも満足だ」

アスランの番として伴侶になるか、すべてを諦めるか。その二つしか選択肢はないと思っていたから、どこまでも寄り添ってくれようとするアスランの気持ちが本当に嬉しくて、けれど、それ以上の不安に襲われてしまう。

「陛下の番でないのに、私のような卑しいオメガが王后になっては、陛下のご威光に影を落とすことになります」

国王の番であれば目を瞑《つぶ》ってもらえるだろう事情も、盗賊になり下がった番を持ったままでは見逃してもらえるはずもない。もとより王后にふさわしくない身なのだ。後ろ指をさされる伴侶にはなれないと言えば、アスランは厳しい表情を浮かべ、セナの両肩を摑む。

「己を卑しいなどと言うな。生まれが人を卑しくするのではない。その者の行いだ。同様に行いは人を高貴にもする。セナが高潔に生きてきたことは誰もが認めていることだ。二度と己を卑下するな」

運命を受け入れ、懸命に生きてきたことを、セナ自身が認め、誇りに思うべきだと、眼光鋭く諭された。

これほど真摯な想いを向けられて、自分を卑しめることはもうできない。できるのは、アスランの想いと覚悟に報いるよう尽くすことだ。

「ありがとうございます」

「礼は必要ない。セナは忠義に厚い性だから、どうしても俺を見上げて話してしまうのだろうが、王后は国王と対等に話す立場であることを覚えていてくれ」

そうセナを后にする決意を口にするアスランも、対等に話そうとして口調がすこし柔らかくなっている。

アスランの伴侶になる未来が現実味を帯びて、胸が高鳴る。愛されて幸せに生きる自分が目に浮かぶ心地だ。

「私は……」

好きになったひとの番になりたい。それが答えだ。

もう躊躇わないと言いたい。けれど、指先で唇を押さえられてしまう。

「番を解くか否か、答えを急ぐ必要はない」

そう諭すように言って、アスランはセナに就寝の準備を勧めた。

「時間はいくらでもある。今夜はもう休め」

今までセナの意思でなく自分の意志に従って突き進んできたことを、心底悔いているのが伝わってくる。これもセナを想うからこそだから、今感情的になって答えを口にしては、その想いを無下にすることになる。

「はい」

就寝の挨拶に、屈《かが》んで頭を下げれば、アスランはほっとした様子でセナの肩を撫でる。

「しばらくはこの離れで過ごすといい。王宮内の部屋はそのままにしてあるが、今は静かなほうがいいだろう。俺も夕食時にはここへ来る」

毎日話す機会がある。言われたとおり、時間をかけて最善の答えを出そう。

微笑んでからもう一度頭を下げると、アスランが咳払いをした。老練の召し使いたちがすぐさま気配を消す。

密に触れられる知らせだ。微動だにせず待っていると、唇が寄せられた。

目を閉じると、温かい唇で唇を塞がれた。一拍ほど重なって離れていってしまい、恋しく感じた途端にもう一度唇を奪われた。

触れるだけなのに、とても情熱的なくちづけは、どれほど想われていて、そして、どれだけアスランの傍にいたかったかを思い出させる。

唇が離れ、名残惜しく感じながらも見上げれば、アスランはどこか嬉しそうに微笑んだ。

おそらく、アスランだけが気づく匂いを発したのだろう。アスランへの気持ちは変わらないと、本能が伝えようとしているのかもしれない。

「良き夜を」

セナの頰を撫でて、アスランは離れを去っていった。

翌日、セナは一日中考えた。番を解くか否か、結局、辿り着く答えは同じ。

一人のひととしては番を解きたいけれど、どうしてもミラのことが気になってしまう。番を解く反動によって廃人になってしまったらという不安は、どれだけ考えても消えてくれない。

アスランが時間をかけて考えるように言ってくれてよかった。弊害が起こらなかった番の解消法と、万一の場合について、アスランと話してからでないと決心はできないことに気づけた。

夕食の準備が始まったころ、アスランが離れにやってきた。セナの様子を見て、ゆっくり話せるようにと夕食をすこし遅らせるように召し使いに言ってくれた。

「何か気になることがあるようだな」

「はい。昨夜《ゆうべ》陛下が仰《おっしゃ》っていた、弊害の出なかった方法がどんなものなのか、教えていただきたいのです」

アスランはセナの手を取り、窓辺の長椅子に腰かけ、冷静な声で話しはじめる。

「その方法は、去勢だ」

「去勢……ですか？」

「ああ。隣国では強姦《ごうかん》の罪は去勢によって償わせるのだそうだが、オメガを襲って番にしたアルファが捕らえられ、去勢の刑に処されたことで番が解けた前例があるそうだ。オメガへの影響は一時的に体調を崩す程度のもので、無事に番が解けてそのオメガたちは喜んでいたと聞いた」

アルファがその象徴を失えば、オメガを番にできなくなるということだろうか。仕組みとしては、ぼんやりとだが理解できる。

「去勢されるということは、ヤウズは奴隷になるのでしょうか」

男性が去勢されるのは奴隷身分だけだ。ヤウズは貴族家のアルファとして生まれたはずなのに、真っ当に生きることを放棄したために奴隷になってしまうのか。

人を高めるのも卑しめるのも行いだとアスランが言ったが、もし奴隷になるなら、ヤウズはまさに、所業によって自身を貶《おとし》めることになる。

「番が完全に解けたことを確かめた後、然るべき刑に処すつもりだが、セナが情けをかけたいと言うならそうしてもいい」

やはり奴隷に堕ちるだけでは済まされないのか。対峙したときも、無理やり番にしたセナを躊躇いなく殺そうとしていた。そんな最低な男でもミラの父親だから、アスランはヤウズを生かす選択肢を与えてくれるつもりのようだ。

もし、ヤウズが贖罪の意思に目覚めるなら、生きて罪を償ってほしい。先日対峙したときの様子からは、更生の望みは限りなく無に等しく感じたけれど、もしかするときっかけを必要としているだけで、そのきっかけがあれば心を入れ替えるかもしれない。情けを請うかは、ヤウズと話してみなければわからない。その機会は貰えるだろうが、今は去勢によって番の解除を試みるかだ。

「今すぐ決める必要はない。セナの身体を一番に考えて、結論を出すべきだ」

また答えを待つと言われてしまい、セナはかぶりを振った。

「ですが、それでは陛下のお気持ちを等閑《なおざり》にし続けることになります」

アスランの誠意と情熱に、アスランの望むかたちで応えたい。手を尽くしてもらっているのに、決断できずにいる負い目から目を伏せると、頬に優しい手が添えられる。

「これからを共に生きるための重大な決断だ。今日の一日を急ぐ必要はない」

真摯な眼差しを向けられ、落ち着きを取り戻したセナに、アスランは楽しげな顔をする。

「ミラに会ってもよいか。すべてが決まってからのほうがよいかと思っていたが、そのすべてを決める鍵はミラにあることに気づいた。俺がミラと話す姿を見れば、セナの不安もいくらかは減ると思うが、どうだ」

願ってもない提案に、セナは思わず笑みを浮かべた。

「ミラも喜びます」

「そうか。ならばさっそく明日にでもミラを王宮へ招こう」

爽《さわ》やかな微笑みが向けられて、アスランがミラに会うのを楽しみにしてくれているのがひしひしと伝わってくる。

それだけでも不安が消えていく心地だった。もし、番を解く反動で万一のことがあっても、このひとならミラを必ず守ってくれると、直感が語りかけてくる。

以前からアスランの責任感と正義感は知っていたつもりだった。けれど今はより鮮明に感じる。

「幼子と話すのは慣れないから、ミラのことを教えてくれ」

「もちろんです、陛下」

夕食のあいだ、セナはミラのことを話した。孤児院に預けているから、ミラのすべてを知っているわけではない。話している途中に、親として己を恥じる気持ちが湧いて俯いてしまったセナを、アスランは優しく慰め、穏やかな声で続きを促してくれた。

翌日、馬車で迎えにいくと、ミラは大興奮でセナに抱きついてきた。初めて馬車に乗り、王宮の離れに入れば、豪華な装飾や緑の庭園に目を丸くしてまた興奮していた。

セナが女性用の衣装に着替えると、ミラは姫様のようだと言ってまたはしゃいだ。男なのに女性の服を着ていることについては、まだ気になる年頃ではないようで、ミラのために用意された衣装を着せると、踊りだしそうなほど喜んで、セナとお揃《そろ》いだと言って跳び上がっていた。

離れの庭で遊びながら待っていると、馬に乗ったアスランが現れた。セナが右脚を引いて頭を下げると、ミラはその後ろに隠れてしまった。

「セナの後ろに誰か隠れているな」

冗談口調のアスランが近づいてくるが、ミラは好奇心を見せつつもまだセナの後ろに隠れている。

「誰が隠れているのか教えてくれるか、セナ」

単純な冗談と質問が好きな年頃だと言ったからか、アスランはいつになく軽快な口調だ。四つの子供が理解できるような、簡単な冗談を考えてきたのも伝わってくる。

「ミラ、ご挨拶をして」

背中をそっと押すと、ミラは両足の親指同士をくっつけて踏ん張った。アスランのことは気になるけれど、宝石や煌びやかな衣装を身につけている人に初めて会ったからか、警戒している。

きっとそうなるだろうと話していたから、アスランは気にすることなくセナの前で片膝をついた。

国王に跪《ひざまず》かせるなんて、子供だろうとさすがに行きすぎだ。慌てるセナに向かってアスランは掌を見せる。

「幼子だ、構わん」

セナたちのやり取りを見て、ミラは不思議そうな顔を覗かせた。それを好機と、アスランが右手を差し出す。

「俺はアスランだ」

まるで子供同士のように自己紹介をするアスランに、セナは呆気にとられ、ミラは嬉しそうに笑い、差し出された手を握った。

「私はミラ」

セナの衣装をもう片方の手で摑みながらも、ミラはアスランに興味津々だ。子供の笑顔は国王の心も溶かしてしまうのか、アスランは無邪気に笑った。

セナの予想をはるかに超えて、アスランは急速にミラと仲良くなった。子供とどう接していいかわからないと言っていたのが嘘のように、菓子をつまむころにはミラを膝に乗せるほど打ち解けていた。

「見て、アスラン。可愛い鳥さん」

国王を名前で呼ぶ娘にぎょっとして、セナは慌てて、

「陛下と呼びなさい」

と言ったが、アスランはまったく気にしていない。セナの反応に驚いたのはミラだ。

「へいか？」

意味がわからず不思議そうな顔をするミラに、アスランは声を上げて笑ってから答える。

「俺は国王だ。大人は皆、俺のことを陛下と呼ぶ」

「王様なの？」

「そうだ」

「セナのお友達の？」

以前、馬に乗りながらアスランのことを友達と言ってしまったのを、ミラはしっかりと覚えていた。

また慌てたのはセナだけで、アスランは声を上げて笑った。

「今までは友達だったが、俺はセナのことが好きになった。結婚したいと思っている」

はっきりと言ったアスランに、セナは目を見開いた。

結婚がめでたいことなのは、四歳の子供だって知っている。ただその複雑さは知らない。

ミラは楽しそうに笑って、

「セナ結婚するの？」

と訊いてくる。

「俺がセナと結婚したいんだ」

アスランが先を越してミラに答えた。ミラは会話が真剣になっていることにどことなく気づいている様子だ。

「結婚するときは、相手の家族に結婚してもいいか訊ねなければならない。ミラはセナの家族だ。だから、俺はミラに訊く。セナと結婚してもいいか」

ミラに向けられる視線は真剣そのものだ。セナのたった一人の家族だから、ミラの気持ちを最大限に尊重しようとしているのがひしひしと伝わってくる。

重大なことを問われているのがわかったのか、ミラは唇を力ませた。そして小さな頭で懸命に考えたあと、セナのほうを向いた。

「セナはアスランと結婚したい？」

ミラは純粋にセナの気持ちを知りたがっている。きっと、直感的にセナの答えがミラの答えになるとわかっているのだ。無意識にセナの望みを叶えようとする娘に胸を打たれ、正直な答えが口をついて出た。

「うん。結婚したい」

ミラに笑いかけてから、アスランを見つめた。子供の前では素直になるしかなかったセ

ナを、アスランは愛《いと》おしそうに見つめている。

「セナと結婚していいよ」

なぜか上から物を言うようなミラの無邪気な声に、セナとアスランは同時に笑い声を上げた。そしてまた見つめ合い、迷うことは一つもないと、静かに頷くのだった。

この日の夜、ミラは離れに泊まることになった。興奮したまま孤児院に返すと、王宮のことを話してしまうかもしれない。周囲から浮いてしまう心配をするセナを見て、泊まっていくようにアスランがミラを誘ってくれた。

離れには寝室が二つある。セナが使っていなかったほうに寝かせるつもりだったが、落ち着かないのか、結局一つの寝台で一緒に寝ることにした。

「もうすこしお話ししたい」

「随分遅くなってしまったから、今日はもうお休み」

彩り鮮やかな食事や広い浴場にも興奮していたから疲れているはずなのに、ミラは寝たくないと言って聞かなかった。けれどなんとか説得して寝台に入らせれば、十を数えるうちに眠ってしまった。

寝台の端に座り、しばらく無防備な寝顔を眺めながら小さな頭を撫でていると、アスランが寝室に入ってきた。慌てて立ち上がろうとすれば、仕草だけで立ち上がるなと言われた。

寝台の傍に立ったアスランは、ミラの寝顔を見て微笑んだ。そして、ミラを起こさぬよう視線で話がしたいとセナに伝えてくる。

ぐっすり眠っているミラを寝室に残し、居間に出ると、いつの間にか酒の席が設けられていた。といっても、セナは鍛えようがないほど酒に弱いことがわかったので、薔薇《ばら》の花弁の蒸留水や檸檬《レモン》水も用意されている。

肩を寄せ合って座ると、召し使いが飲み物を訊いてくれ、杯に注いでくれた。

「幼子の寝顔とはあんなにも可愛いものなのだな」

穏やかに微笑んだアスランは、感慨深くそう言ってセナの手を握った。

「いつか、俺とセナの子の寝顔も見たい」

熱い眼差しで見つめられ、セナも思わず微笑んだ。ミラと接する姿を見て、優しい父親になるアスランが容易に想像できたのを思い出したからだ。

アスランは伴侶としてこれ以上を望めない男性だ。そんなひとに子を望まれるなんて、嬉しくて胸が熱くなる。

オメガに生まれてきてよかった。心の底からそう思える日が来たことが、幸せで堪らない。

頰を染めて喜びを噛みしめていると、アスランが金色の箱を手にした。

「渡したいものがある」

飾り細工が施された金の箱の中には、黄金の宝飾品が収められていた。王家の家宝にも劣らないそれを取り出したアスランは、やや緊張した面持ちで言う。

「求婚には紅玉を贈るのが我々王家の伝統だ。アルバールの初代王后が紅玉を愛してやまなかったことから始まった」

初めて聞く王家の伝統だ。しかと記憶に残しておこうと思っていると、アスランが手にした宝石が、親指と人差し指で輪を作ったほど大粒の紅玉がついた首飾りだったことに気づいた。

「セナにふさわしい紅玉を探すのに随分時間がかかってしまったが、お前の高潔な性に似合うものがやっと見つかった」

緋色《ひいろ》の宝石は炎のようでありながら穏やかな輝きを放っている。思わず見惚《みと》れてしまうその首飾りを、アスランはセナにつけようとする。

触れるのも無礼な気分になるほどの宝石だ。あまりの贈り物に恐縮してしまい、セナはアスランの手を押し返した。

「いただけません」

「セナ」

落ち着いた声で名を呼んだアスランだが、その視線は条件反射のように萎縮《いしゅく》することを窘《たしな》めている。

「まだ己を卑しいと思っているのか」

言われ、セナはかぶりを振った。

「驚きのあまり、身体が勝手に……。無礼をお許しください」

自分を卑下するなとアスランが言ってくれたから、身分に劣後感を覚えなくなってきている。ただ、身につけたことのない宝石を、しかも王家の家宝に匹敵するようなものを贈られて、どう反応していいかわからなかった。

「驚いただけならよい」

アスランは仕方なさそうに苦笑してから、仕切り直しといわんばかりに一つ咳払いをして、首飾りをセナにつけた。

「俺の想いが形になったのだと思って受け取ってくれ。この瞬間からこの紅玉はセナのものだ。この先何が起ころうと、セナの手を離れることはない」

この先とはつまり、求婚へのセナの答えにかかわらず、この紅玉はセナのものになるということ。

大国の国王とはいえ、相当の覚悟がなければこれほどの宝石を渡すことはできないはず。王家の伝統は、アスランの想いがどれほど深いものかをセナの胸に刻んだ。

そしてこの紅玉は、受け取る者にも、答えに対する覚悟と責任を問う。

「セナ・シーパ。我が伴侶になってくれるか」

対等な目線から、一人のひととして名を呼んでくれたアスランへの答えは、決まっている。

「この命が果てるまで、陛下のお傍にいます」

想いを口にした途端、涙が溢れた。湧きあがる幸福と同じだけ、涙が溢れて止まらない。

「二度と泣かせまいと思っていたが、この涙を見たことに悔いはない」

感慨深くそう言って、アスランはそっとセナを抱きしめ、幸せな涙を逞しい胸で受け止めてくれた。

ひとしきり泣いたセナをアスランはずっと抱いていてくれた。優しい体温に包まれ、この幸福が本当に自分に与えられたのだと実感すると、胸の中で覚悟が確かな形を成す。

身体を離したセナは、大きく息を吸い、意を決して口を開いた。

「陛下、お願いがあります」

「なんだ」

言いたいことを察しているだろうアスランだが、真剣な表情でセナが望みを言葉にするのを待っている。

「陛下の番にしてください。私はもう、過去に囚《とら》われて生きていたくありません」

番を解く弊害が怖くないと言えば嘘になる。けれど、これから先アスランの傍で生きていくのに、過去を引きずりたくない。

今までの自分の行いに罪がなければ、きっと神も罰を与えたりはしないだろう。セナの愛するひとたちに悲しみを与えるような試練は受けないと信じ、前に進みたい。

「わかった。直ちに準備をさせよう」

待ち望んでいた決意を聞いて、アスランは力強く頷いた。

「婚儀と、ミラを迎える準備も始める。よいか」

「はい」

希望に満ちた日々が待っている。いつの間にか笑顔になっていたようで、頬を愛おしそうに撫でられた。

温かい手の心地よさに思わず頬を預けると、首飾りが小さく揺れた。アスランの想いが込められた紅玉を手に乗せると、装飾灯の光を反射して、美しく輝いている。

「本当に、陛下のお心が形になったような宝石です」

情熱的で曇りのない緋色はまさにアスランそのものだと思った。重厚な存在感も、気高い形も、すべてが愛しいひとを表している気がしてならない。

「セナの人となりを表していると思って選んだのだが、見る者が変わると違って見えるのだな」

そう言って微笑んだアスランは、愛おしそうに紅玉を眺めるセナを見つめながら、短い息を吐き、掌を擦り合わせた。

「陛下？」

今になって落ち着きをなくしたアスランが心配になり、顔を覗き込むと、仕方なさそうな笑みが返ってくる。

「これでも緊張していたのだ。求婚するのは人生で一度だけだからな」

セナの答えはわかっていたはずなのに。珍しく弱気だったことを正直に話すアスランに、可愛げを感じてしまった。こんなアスランはなかなか見られないだろう。

「セナの気持ちを訊かずに失敗を重ねたから、いざ本心を問うとなると気が張った。ミラのおかげで自信はあったが、それでも平静が欠けてしまった」

眉尻《まゆじり》を下げて小さく笑ってから、アスランはいつもの堂々とした顔つきに戻った。

「婚儀が待ち遠しい」

蕩《とろ》けるように甘い視線を向けられ、セナの頬が染まる。

「私もです」

正式にアスランと結ばれる日が、楽しみで仕方ない。幸せな未来へ想いを馳《は》せながら、セナは思いきってアスランの唇に自分のそれを重ねた。


婚約の証しである紅玉を賜ってから数日後、セナは玉座の間へ呼ばれた。すでにアスランは玉座に就いていて、その隣にはセナが座るための席が用意されている。

近衛騎士が玉座に向かって垂直に二列に並び、そのあいだに側近、女官長、歴史の教師、その他今までセナの王后教育に関わった貴族たちが立って並んでいた。

アスランの指示どおり、セナは自分のためにあつらえられた衣装を纏い、顔を隠し、紅玉をつけてきた。

まるで王后になったかのような装いを、皆はどう思うだろうか。恐る恐る玉座のほうへ一歩踏み出すと、その場にいる全員がセナに向かって深く頭を下げた。近衛長にまで頭を下げられてしまい、セナはその場で凍ってしまった。

「セナの席はここだ」

立ち上がったアスランに呼ばれ我に返ったセナは、萎縮しそうになるのを堪え、アスランの傍まで歩み寄る。

舞台状の玉座に向かい、右脚を引いて頭を下げると、舞台に上がるようアスランが手招きをする。

「これからは、余の隣がセナの席だ」

婚儀はまだなのに、玉座に上がってもいいのだろうか。アスランが法だから、誰も異議は唱えないだろうけれど、一騎士だった身としては尻込みしたくなる。

「失礼します」

恐縮しながら一段上がり、椅子の前に立つと、アスランは満足そうに頷いた。そしてセナも座るよう視線で言ってから、玉座に就く。

王后は行事以外では表に立たない存在だと教わった。まだ婚約をしただけなのに、こうして玉座に呼ばれるとは、一体どれほど重要な行事なのだろう。

この時期に王宮で起こりえる行事を振り返ろうとしたとき、王宮のしきたりについてきちんと教えてもらえなかったことを思い出した。王宮を飛び出す以前のことが脳裏に浮かび、女官長や側近が並んで立っている理由に思い至った。

アスランは、セナを王宮から追い出した者たちを罰する気だ。気づいてしまったセナと、心当たりのある者たちが冷たい汗をかくなか、アスランは平然と歴史の教師を見る。

「セナ・シーパは正式に我が婚約者となった。すでに王后となるために学修していたが、王家と歴史について、セナはどう学んでいた」

歴史を教えてくれた老父は、アスランの問いに笑顔で答える。

「大変意欲的に学修され、私がお教えしたことはすべて修得されました」

歴史についてては自信があったが、良い生徒だったと言ってもらえてほっとした。

老父の返事に満足した様子のアスランだったが、表情を厳しくして女官長を見る。

「作法としきたりについて、結果は芳しくないようだが、余の后となるセナは極めて優秀で、修得に落ち度があったとは思えない。教えた者に過失があるのではないか」

容赦のない言葉に、女官長が肩を揺らす。彼女なりの理由があってのことだっただろうから、見ていて気の毒だ。

女官長だけにとどまらず、アスランは側近を見据えた。

「セナを侮辱するのは余を愚弄《ぐろう》するのも同じだ。厳罰に値する」

側近も女官長も、王家を敬うからこそ身分の低いセナを受け入れられなかったはずなのに、ここまで言われるとはあまりにも不憫《ふびん》だ。聞いているセナの胃が痛くなってくる。

顔を真っ青にする女官長たちが見ていられなくて、なんとかアスランの情に訴えようと

視線を送れば、

「処罰はセナに決めさせる」

と言われて卒倒しそうになった。

「王家の伝統と陛下のためを思ってのことだったでしょうから、罰など必要はないのでは」

焦りながらも、思っているとおりをできる限り冷静に言えば、女官長と側近は胸を撫でおろし、セナに辛くあたったことへの後悔を表情に浮かべていた。

「セナの慈悲により、処罰は無しとする。ここにいる者全員、今日のことを胸に刻んでおけ」

アスランが言い放つと、近衛騎士までが背筋を伸ばしていた。

側近と女官長を見ると、濁りのない目でセナを見上げていた。向けられる視線に敬意が込められていることを感じ、セナはやっと、この場が設けられた理由に思い至った。

アスランは、セナが権力や贅沢のためにアスランに取り入ったのではないと、証明しようとしたのだ。やましい目的があったなら、側近と女官長を罰すると言ったはずで、そもそも王宮から逃げ出さず、邪魔者を排除する手を考えていた。

きっと、側近たちを処罰するか否かの、セナの答えも予想していて、信じていたからこそ、前置きなくセナをこの場に呼んだのだろう。

大胆な手段を使われ、変な汗をかいたけれど、たった一言でセナは反感を信頼に変えることができた。

これからも、問題が起こればこうしてセナを助けてくれるはず。王宮で過ごす将来に、不安はもうなくなった。

「婚儀は一月後だ。セナにはそれまでに覚えるべきことがある。今度こそ正しいしきたりを身につけ、婚儀に備えるように」

「はい」

遠まわしに女官長に釘《くぎ》を刺してから、アスランは厳しかった表情を笑顔に変えた。

翌日、アルバール全土に国王の婚約が知らされた。一際話題になったのは、初めて婚約者に平民が選ばれたということ。オメガで男性だとまでは公表されなかったが、身分を越えての結婚に、国中が沸き立った。

婚儀に向けて解消せねばならない問題が、あと一つ。セナの番を解くことだ。

セナは王后になるにふさわしい正装を纏い、目元以外を隠し、紅玉をつけ、ある場所に向かった。女性の衣装を着ているが、腰には剣を差している。血の滲《にじ》むような努力の果てに騎士となったセナの誇りを忘れまいと、アスランは剣をセナの正装の一部としたのだ。

それでも、セナは王宮内ではほとんど帯剣しない。けれど今日は、向き合う相手に正義を思い出させたくて、剣を差した。

受刑囚が投獄されている牢獄《ろうごく》の敷地の隅にある石造りの小屋。アスランと共に訪れたのは、ヤウズが収容されている独房だった。

「本当に一人で話すのか」

アスランに不安げな表情を向けられ、セナは苦く笑んだ。

「はい。誰にも聞かれたくないことを言われるかもしれませんから……」

もし心ない言葉を浴びせられたら。傷ついてしまう姿を見られたくない。剣は差しているが使うつもりはないことも断って、セナはアスランの手を離した。

槍《やり》を持った警備兵が扉を開けてくれ、一人で独房に入った。

手足に枷《かせ》が嵌《は》められたヤウズは、セナの姿を見て女性が入ってきたと思ったようで、質《たち》の悪い笑みを浮かべた。だが、衣装の気高さに気づき、訝《いぶか》しげな表情になった。

「私が誰だかわかりますか」

静かに問うと、ヤウズは目を見開いた。

「セナか？　なんだ、その格好は」

騎士だったセナの男の声と、女性の衣装が合致せず、状況が摑めない様子のヤウズに、セナはそのまま問いかける。

「自分がしたことを覚えていますか」

今日話しにきたのは、贖罪の意識があるかどうかを知るためだ。

番は解くと決意した。ヤウズが去勢されるのも決定事項だ。セナたちが退治した盗賊団は全員処刑が決まり、今のままだと、去勢されたあとヤウズは処刑される。その前に、贖罪の意思があるのかを知りたかった。

ミラの父親であることは変わりない。もっとも、父親と認めるべき理由は血の繋がりだけだけれど、それでも、犯した罪を償い、真っ当に生きていく覚悟があるなら、セナはアスランに慈悲を請うのもやぶさかでないと思っている。

「騎士団から去る前に、自分がしたことを覚えていますか」

「発情したお前を犯したことを訊いているのか」

悪びれる様子がまったくないヤウズを見て、今日ここへ来たことを後悔せざるを得なかった。話を続けても、きっとセナが聞きたいことは聞けない。

それでも、わずかな望みにかけて、何を言おうか迷っていると、ヤウズが薄ら笑いを浮かべる。

「まさか、あの一回のことで責任を取れとは言わないだろうな。アルファの俺の前で発情なんかしたお前が悪いんだ」

あまりの言われように、吐き気を覚えた。発情していたのに、首の防具をつけておらず、無防備だったと言われればそうかもしれない。だが、明らかに様子がおかしかったセナを見て、同僚だったヤウズがすべきは気にかけることで、決して犯すことではなかったはずだ。

拳《こぶし》を握り、怒りに耐えていると、ヤウズはさらに嘲笑《ちょうしょう》する。

「具合が良かったのは褒めてやるよ」

下劣な言葉に、怒りを通り越して頭が冷たくなった。

この様子だと、ヤウズはセナを番にしたことすら覚えていない。セナは今も番の制約に呪《のろ》われたままなのに、この男は自分のしたことをほんのすこしも顧みてはいなかった。

番にされた絶望は今でも忘れない。だがそれも、番が解ければ不必要な過去として忘れてしまえばいい。

あとは、盗賊になった経緯に同情できるほどの理由があるのかだけを訊いて、この場を去ろう。意地になっているのは自分でも気づいているけれど、どうしても酌量の余地を探したかった。

「騎士団を去り、盗みに手を染めたのは、賭博《とばく》の借金が原因というのは本当ですか」

ヤウズは賭博で多額の借金を抱えたあげく、悪徳集団に命を狙われ、返済の代わりに賊として盗みをはたらいたと憲兵に言っていた。

命を脅かされ、泣く泣く悪に手を染めたのか。一度は同じ騎士だった者同士として知りたかったことだけを訊ねれば、やはり良心の見えない答えが返ってくる。

「ああ。だが賊はいいぞ。騎士団とは違って働いたぶん稼げるからな」

「その働きは罪だと知って言っているのですか」

「罪も何も、負けて盗られるほうが悪いんだろう」

悔い改める気の欠片もないヤウズを見て、セナは自分が大きな勘違いをしていたことに気づいた。ヤウズの中にはいつかは騎士だった誇りが眠っていると思っていた。だが、目の前にいるのは良心の欠片もないただの悪党だ。

人の風上にも置けないヤウズを見ていると、心底哀れだ。何がここまでヤウズを貶めたのか、想像もできないし知りたくもない。人の心を失ってしまったことが、ただただ哀れだった。

別れを告げるしかない。そう悟ったセナを、ヤウズは嫌味な目で見た。

「それより、その格好はどうした。傭兵も務まらなくて売春街にでも落ちたか」

侮辱された瞬間、剣を抜いて成敗してやりたいほどの怒りがこみ上げ、目の前が真っ赤に染まった。それでも剣の柄《つか》を握るのを必死に堪えたとき、ヤウズが宙に浮いて、驚きに憤りが削がれた。

宙に浮いたと思ったのも一瞬で、ヤウズはすぐに冷たい床に落下した。呆気にとられながらもよく見ると、ヤウズの首には絞首刑に使うような縄が巻かれていて、縄は天井の滑車にかかっていた。

「気は済んだか」

はっとして後ろを振り向くと、アスランが首吊り縄の先を握っていた。

「慈悲深い故に傷ついてしまうお前を見ていられなかった」

そう言って、アスランはセナに歩み寄って手を取った。そして恭しく手の甲にくちづける。

その様子を見て、ヤウズが奇妙な笑い声を上げる。

「まさか、国王を誘惑したのか。アルファに取り入るしか能のない淫売が――!」

嘲《あざけ》るヤウズの顔を、アスランが力の限り蹴った。折れた歯が血と混じって飛んでいくのを見て肩を竦めるセナの前に立ち、アスランは遂に剣を抜く。

刃が振りおろされる音がして、セナは断末魔を覚悟して目を瞑った。

だが、聞こえたのは小さな悲鳴だった。恐る恐る目を開くと、ヤウズの額に、真横に一筋の切り傷があった。

刃が空気を切る音が聞こえたのに、額の傷はまったく歪みのない一文字で、出血も最小限に抑えられている。だが、悪党を怯えさせるには充分な傷で、ヤウズは顔を真っ青にしてわなないている。

「哀れな罪人だ。我が后となるセナは、貴様のような下衆《げす》にも慈悲を与えようとしていたのに」

冷たい声で言ったアスランは、今度は額を縦に切った。長剣の先で歪みのない十字傷を刻んだアスランは、躊躇うことなくヤウズの鼻先を掠《かす》める位置で血を振り払い、剣を鞘に納めた。

「下衆がどれだけ罵《ののし》ろうと、我が后の威光は変わらん」

国王の威厳を放ち、言い放ったアスランは、セナのほうを向くと、もう一度手を取ってそこに唇を寄せた。

「ここは空気が悪い。先に外に出ていろ」

穏やかな声で言いながら、有無を言わせぬ視線を向けられ、セナは独房の外へ出た。アスランは看守を呼び入れて、そのまま独房に残った。

外に出たセナは、行き場のない憤りに駆られ、その場から走り出した。近衛騎士が二人追いかけてくるのに気づくほどの余裕はなく、ただ独房から離れたくてあてもなく走った。

強固な塀が目前に迫り、やっと足を止めたセナは、胃から嫌なものがせり上がってくるのを感じ、その場に崩れた。負の感情を吐きだし、肩を揺らすセナをしばしそっとしておいてくれた近衛騎士だが、セナが動かなくなると、水を飲むよう勧めてきた。

「ありがとうございます」

水袋を受け取ったけれど、口にすることはないまま、セナはしばらく放心していた。

「セナ」

アスランの声が聞こえ、セナは咄嗟に首の痣を触って確かめた。もしや、醜態を見かねてアスラン自らヤウズに手を下したかと一瞬は思ったけれど、セナが反動を受けるかもしれないのに、衝動まかせに手を下すはずがない。

「お前の慈悲を愚弄したことについて、すこし話をしただけだ」

冷静な声でそう言って、セナの隣に屈んだアスランは、右手を差し出し、引き上げようとしてくれた。その手の甲が赤くなっていることに気づき、アスランはセナの怒りのぶんまでヤウズに制裁を与えたのがわかった。

「我《わ》が儘《まま》を許していただいたのに、こんなことになってしまって申し訳ありません」

耳を汚したどころか、心底不快な思いをさせてしまい、自分の愚かさが恨めしくなった。

きつく眉を寄せ、怒りに耐えるセナを、アスランはそっと抱き寄せる。

「ミラのために、あやつを許そうとしたのだろう。その気持ちはわかっている。だが、あやつの存在は、ミラの害にはなっても、ためにはならない。今日のことでよくわかっただろう」

抱きしめる腕が温かくて、セナは耐えきれずに涙を流した。

無理やり番にされて、一人取り残され、アスランと出逢えた今も不安に苛《さいな》まれている。

ヤウズが自分に醜い嫉妬《しっと》心を抱いていたことは知っていて、それ以外になんの感情が欲しかったわけでもない。ただ、ほんのすこしだけでいいから、番にされた自分のことを顧みてほしかった。番の制約を課せられたオメガがどんな思いで生きているのか、一瞬でもいいから振り返り、所業を悔いていていてほしかった。

「己の愚かさを思い知りました」

発情中のセナを犯したのに、ミラの存在すら想像もしていないヤウズは、父親でもなんでもない。人の心を失ったヤウズとの血の繋がりは、ミラにとって枷でしかない。痛感させられた今、セナの中にはもう躊躇いはなくなった。

「愚かなどではない。セナは慈悲深いだけだ。だが、己を律する気概のある者にしか、慈悲は届かない。だから法があり、悪は刑に処される。あやつは自身の悪行故に俺が定める法によって裁かれる。決してセナが理由で裁かれるわけではない。そのことを覚えていてくれ」

逞しい肩に額を擦りつけるように頷けば、もっと強く抱きしめられた。

「王宮に帰ろう。ミラが待っている」

「はい」

迷うことも、悔やむこともない。力強く抱きしめられて、セナはもう二度と過去は振り返らないと、心から誓った。

ヤウズが去勢される日、アスランはセナを庭園の一角にある小舞台に連れていってくれた。そこには、国中で一番人気の大道芸団がいて、国王の前で芸を披露するのを誇らしげに待っていた。

「俺は昔から大道芸が好きでな、ときどきこうして王宮に呼ぶのだ」

期待に胸を膨らませているようにアスランは言うが、セナに見せるためにこの場を設けてくれたのがわかる。なぜなら、他の観客は誰も見あたらず、席も二人ぶんだけしか用意されていないからだ。

おそらく、ヤウズの去勢はこの舞台のあいだに執行される。今か今かと緊張して待つより、楽しさで忘れるくらいのほうがよいと判断したのだろう。確かに、今日がその日と知っていたセナは、朝から抗えない不安と戦っていた。

慎重が過ぎる性格はもう知られている。それに合わせて段取りを整えてくれたアスランには感謝しかない。

「陛下と私だけが観るなんて、少々勿体ない気がします」

万一弊害が起きた場合に、誰にも見られなくて済むようにという配慮なのはわかっているが、遊びに疎いセナだって名前を聞いたことのある大道芸団の舞台を二人だけで観るなんて、贅沢すぎて気後れしそうだ。

「これくらいのことにはすぐに慣れる」

大国アルバールの国王らしい答えに、感服するしかなかった。

観客は二人だけでも、大道芸人たちはまるで王都の大舞台にいるかのように技を披露してくれる。玉乗りだったり、複数の刃物を交互に投げ上げたり。芸人を心配して、技に興奮して。セナの意識は舞台に釘付けになった。

甘い菓子をつまみながら、二人きりで一級の技を楽しむ。すっかり童心に返り、何度も舞台に拍手を送ったころだった。

突然、後ろから頭を殴られたような激痛が走り、激しい眩暈を覚えたセナは、失神寸前で背もたれの飾り枕《まくら》に倒れ込んだ。視界は不鮮明で耳鳴りがして、起き上がるどころか呼吸すらままならない。

番が解ける反動だ。全身の感覚が麻痺《まひ》しているのに、それだけはなぜかはっきりとわかった。

意識が途絶えそうなほど激しい反動は、身分を弁《わきま》えず、アスランの番になりたいと思った罰だろうか。それとも、アスランの伴侶になるために、ミラに親子でなく兄妹だと嘘をつく罰だろうか。

このまま精神がやられ、人として機能できなくなってしまうのだろうか。頭が割れそうなほどの痛みに苛まれながら、セナは問い続ける。

恋を知り、好きなひとと結ばれたいと思ったのは、それほど醜い欲だっただろうか。情熱で包んでくれる、心の底から愛しいひとの、傍にいたいと願うことの何がいけないというのか。

無理やり課せられた番の制約に、最初で最後の恋路を阻まれたくない。悔しさが胸に火を灯《とも》し、身体中に熱を送りだす。

愛するひとと共に生きたいと願うことに、罪なんてあるはずがない。反動に負ける理由などどこにもないのだ。

そう、胸の中で叫んだ瞬間、アスランが必死に名を呼んでいるのが遠くに聞こえた。

愛しいひとの悲壮な声が、徐々に近づいてくる。視界もすこしずつ晴れ、ひどく心配したアスランに上体を抱きかかえられていることに気がついた。

「陛下」

「セナ」

なけなしの声を振り絞れば、震える声で名を呼ばれた。セナを失う最悪の可能性が見えてしまったのか、アスランの目元が湿っている。一秒でも早く、心はここにあると知らせたい。

「ヤウズの刑が、執行されたのでしょうか」

身体はまだ追いついていないが、頭は働いている。正気だと知らせたくて、去勢が行われたのか訊けば、アスランは安堵の表情を浮かべた。

「ああ、そうだ」

無事だとわかり、アスランはセナの痩身《そうしん》をきつく抱きしめる。

逞しい腕に、力を注がれるような心地だった。アスランの頬に触れたいと思えば手が動き、笑顔になりたいと思えば口元が綻《ほころ》ぶ。

「番は解けたようです」

首元の痣を確かめなくても、番が解けたのがはっきりとわかる。自由になったオメガの性が、セナに活力を与えるからだ。

「陛下の番になるために生まれてきたのだと感じます」

視線を外せないくらい、本能がアスランとの繋がりを求めている。視界が晴れて、召し使いや医者らしき者たちが心配そうに顔を覗いているのがわかるのに、焦点は自然とアスランに合って、音も、アスランのまだ強張《こわば》っている息遣いだけが鮮明に聞こえる。

「よく耐えてくれた、セナ。俺も、番になるべくして生まれたのがわかる」

体温を確かめるように頬を撫でられたと思えば、また身体をきつく抱きしめられた。背中を抱く手は小さく震えていて、どれほど安堵しているのかひしひしと伝わってくる。

「私は平気です、陛下。うまく身体に力が入らないだけで、心はとても清々《すがすが》しいです」

微笑んでみせると、若き国王は瞳を潤ませたまま破顔した。

「そうか」

人目を忘れて、アスランはしばらくセナを抱いていた。

婚儀の日、国中のいたるところで祭りが開かれた。最も盛大な祭りが開かれる王都は祝福の声で満ち、丘の上に建つ王宮にまで聞こえてくるほどだった。

緋色の婚礼衣装を纏ったセナは、仕上げに紅玉の首飾りをつけた。翠玉《すいぎょく》が国王、紅玉が王后を象徴する宝石とされているため、セナは紅玉色の生地に金と銀の鮮やかな刺繍がほどこされた衣装を着ている。アスランは翠玉色の衣装を着るそうだ。

最後に頭から布を被り、目元以外を隠した。

今日だけは透けた布を纏う。顔の輪郭や口元、首から肩にかけての体型も透けて見えてしまうのだが、王后がどんな姿をしているのか知らせるため、例外的に生地の質を変えるのだ。

儀式の時間になり、セナは侍女たちと共に玉座の間へ向かった。女官長がセナを先導してくれる。

女官長とは何度かお茶の時間を設け、二人だけで話をした。訓練所時代のセナの苦労話なども話し、以前のことはもう水に流したと言えば、わだかまりは完全になくなり、今では熱心にセナを支えてくれるようになった。

玉座の間を前に、一旦立ち止まると、婚儀が始まる知らせの鐘が鳴り響いた。途端に、王都から聞こえていた祝福の声が止む。神聖な儀式は静粛に祝うものだから、人々は王のために静かな祈りを捧げるのだ。

緊張して玉座の間に入ると、そこは溢れんばかりの花々で飾られていた。緑の少ないアルバールで、これほどの量の花を見るのは国王の婚儀だけだろう。花畑のあるアルバール領土の島から大型船の甲板いっぱいに運ばれてくると女官長が言っていたが、まるで玉座の間が花畑になったように、美しく飾られている。

感嘆に息を詰まらせながら玉座を見ると、翠玉色の衣装を纏ったアスランがこちらを向いて立っていた。緊張した面持ちのアスランに向かって、セナはゆっくりと歩いていく。

参列者が深く頭を下げて、国王に嫁いでいくセナを祝福する。鼓動が速まるのを感じながら、セナは一歩ずつを嚙みしめるように進んだ。

玉座の前に立つと、アスランが手を差し伸べて、セナを舞台に上げた。

「アルバール国王、アスラン・パーディシャー・アルバール。王后、セナ・シーパ」

司祭が祝福の詩を読み、祈りを捧げたあと、最後にアスランが婚姻の宣誓をする。

「我が王后、セナ・シーパ・アルバール。未来永劫《えいごう》、たゆまぬ愛を誓う」

まっすぐにセナを見つめたアスランは、片膝をついてセナに跪く。国王が跪くのは、婚儀の日、王后にだけ。命が果てるまで国王を愛し、支えていくセナに、生涯の敬意を表すのだ。

その場にいるすべての者が一斉に跪き、国王と王后への忠誠を新たにする。

国王の伴侶になるという意味と重みを胸に刻んだセナは、誓いに応え、頭を下げた。アスランが立ち上がるが、参列者は跪いたままだ。

顔を隠している布を、アスランがそっと外し、愛おしそうにセナの頬を指の背で撫でた。頬にくちづけを受けて、婚姻が結ばれる。顔を晒すから、司祭以外は頭を下げて待つ。

目を閉じて、淡く染まった頬にくちづけを待っていると、唇が寄せられるはずの頬に手が添えられた。小さく戸惑いながらも目を閉じたまま待つと、唇が塞がれて跳び上がりそうになった。

なんとか堪えたセナの唇をアスランはもう一度奪って、セナの顔を透けた布で隠した。目を開くと、アスランは満足そうに微笑んでいた。司祭はというと、大胆な国王に照れている。

それでも気にした様子のないアスランは、白い歯を見せて幸せそうに笑う。セナも、我慢できずに唇を重ねたアスランに可愛げを覚えてしまい、笑顔を溢した。

「アルバール国王に栄光と幸福あれ」

司祭の声で全員が立ち上がり、玉座の間に大きな歓声が上がった。

鐘が鳴り響き、祭りが再開された。王都から響いてくる歓声が、国王がどれほど民に慕われているかを知らせる。

セナの手を取ったアスランは、幸せそうに目元を細めた。

「我が后よ、民が待っている」

今まで何度もアスランの口から后という言葉を聞いたけれど、婚姻を結んだ今、初めてアスランの后になった実感が湧いた。

「はい。陛下」

笑顔で答えると、アスランはまた白い歯を見せて笑った。

手を引かれ、玉座の間を出ると、そのまま王宮の前庭に面した露台に向かった。この日は王宮の門が解放され、誰もが前庭まで入れるようになっている。

アスランが手を振ると、身分を越えて后を迎えた国王に祝福の声が上がった。そして予行どおりにセナが一歩前に出ると、新しい后に拍手が起こる。

そこに存在するだけで祝福されたことなどなかったから、実際に人々の前に立つと緊張して固まってしまった。そんなセナの背を、アスランがそっと撫でる。

「美しい衣装だ。よく似合っている」

なぜかいで立ちを褒められて、意図を探るように振り返れば、アスランはセナが公衆の面前で女性の衣装を着ていることを気にしていると思ったようだ。

「恐れ入ります」

見当違いな励ましを受けて、思わず笑ってしまいそうになった。おかげで緊張が解けた。王后の姿を一目見ようと集まった人々を前に、セナは深く頭を下げた。アスランを支え、尽くしていくことを胸の中で静かに誓い、頭を上げると、大きな歓声が上がった。

その後は近隣諸国の大使を招いての宴が開かれ、王侯貴族との夕食会があってと、婚儀の日は目まぐるしく過ぎていった。

段取りを頭に入れていても戸惑う場面が何度もあった一日だったから、ミラのことは侍女に任せていた。ミラもその侍女に懐いているから、明日まで安心できる。

それでも寝顔を見にいって、すぐさま湯浴みをした。隅々まで身を清め、真っ白の寝間着を着たセナは、自室の寝室でアスランを待った。

セナが王宮を飛び出した日から今日まで、アスランとは夜を共にしていない。正式に婚約したあと、婚儀までは未婚の距離を保とうと二人で決めた。

伴侶として初めて迎える夜に緊張していると、隠し階段の扉が開く音がした。緊張に興奮が混ざり、心臓が早鐘を鳴らす。

堂々とした足音が寝室に入ってきた。どうしても恥ずかしくてアスランの顔を見られないまま頭を下げて待つと、足音は目の前で止まった。

心臓が駆けるのを感じながら顔を上げると、熱っぽい視線が向けられていた。何度も肌を見せたのに、今夜は羞恥心が湧いて仕方ない。忙《せわ》しなく瞬《まばた》きをすると、アスランに笑われてしまった。

「いつまでも初心だな。いや、以前よりもさらに不慣れな顔をしている」

きっと、しばらく意識的に夜を共にしなかったからだ。初夜を新鮮な気持ちで迎えたいからと日中しか顔を合わせずにいたから、いざその夜になると積もった期待のぶん興奮が先走り、もとから不慣れだった身体は快楽を知らなかったころにまで遡《さかのぼ》ってしまった。

何より、セナのオメガ性が自由を取り戻した。制約のない情交がどんなものかわからず、アスランに触れられた自分がどうなってしまうのか想像できなくて、より緊張してしまう。

「これほど初心なのに、色気が過ぎるから困る」

溶かされてしまいそうなほど熱い視線で見つめられ、鼓動がこれ以上ないほど忙しなくなる。

「陛下……」

「やっと真に我がものにできるというだけでも逸《はや》るのに、あまり可愛い顔をされると乱暴にしてしまいそうだ」

激しく求められる予感に、背筋が甘く痺《しび》れる。まつ毛を揺らすセナの唇をアスランはやや乱暴に奪った。

「ん……」

唇を何度も吸われ、それだけで感じてしまう。無意識に開いた唇のあいだに舌が侵入し、口内を愛撫される。

細い腰を情熱的な手つきで撫でながら、アスランはセナの口内を躊躇いなく貪《むさぼ》る。

寝間着の裾が大胆に引き上げられ、脚が露《あら》わになった。服の下に大きな手が忍び込み、そのまま肌を暴いていく。

くちづけが解かれ、熱い唇が恋しくなる間もなく寝間着を取り上げられた。淡い褐色の肌が上気しているのを見て、アスランは愉悦の笑みを浮かべる。

「お前の色香が恋しかった」

瞳の中心を見つめられ、心臓が跳ねた。

「私も、陛下を恋しく思っていました」

アスランの寝間着の胸元に手を添えると、その手を摑まれ寝台に投げられてしまう。

横向きに倒れ込んだセナに跨《また》がって、アスランは自身の服を脱ぎ捨てた。

「あまり煽るな。発情期でもないのに、お前のうなじを噛みたくなる」

発情の周期まではまだ二週間以上ある。発情期周辺での婚儀は誰もが落ち着かないので、次の発情期まで余裕をもっての日どりとなった。そのせいで準備が少々慌ただしかったのだが、アスランが番になる日を心待ちにしているのは日々感じていた。

セナだって一日も早く番になりたいけれど、今夜だって特別だ。口には出せないけれど、もっと触れてほしいし、すこしくらい乱暴にされても感じてしまう気がする。

「陛下となら今夜にでも番になれそうな心地です」

恥を忍んで小声で言えば、アスランは口端を舐《な》める。

「困ったやつだ。俺の理性を試す気だな」

言い終えるが早いか、アスランはセナをうつ伏せにして肩を押さえつけた。そして空いている手でセナの黒髪を掻《か》き上げうなじを露わにし、痣が消えたそこを甘噛みする。

「あっ、……ん」

背筋が痺れ、腰が誘うように揺れた。首筋を吸って赤い痕を残した唇は、背中に沿ってくちづけの軌跡を残し、大きな手は揺れる尻の膨らみを揉みしだく。

唇が双丘に辿り着き、そのまま谷間へ下りていこうとした。セナは慌ててアスランを止める。

「陛下、そこは……」

秘所の傍にくちづけられて、慌てて上体を起こしてアスランを止めようとするが、両脚を取られ、仰向けに返されてしまい、捕まった脚を大きく広げられてしまう。

「やっ、…あっ…、陛下」

アスランは躊躇いなく下腹に顔を埋め、桃色に染まった中心にくちづけた。そのままさらに脚を割り開いて、後蕾を露わにする。

ひくつくそこに視線を感じ、次のくちづけはそこに落とされると察した。セナは必死でアスランを止める。

「いけません、陛下」

「我が后のすべてを愛《め》でてはいけないのか」

そう言われてはもう引き止めようがない。羞恥に震えるセナに不敵な笑みを向けたアスランは、恭しく孔に唇を寄せ、愛液で濡れたそこを舐めた。

「あ、…ぁっ……、んんっ」

熱い舌で蕾を愛撫され、甘く痺れる快感に身悶《みもだ》えた。鼻にかかった声を上げるセナの腰が逃げようとするたび、腿を摑まれて引き戻される。

「はぁっ、んっ、……ああっ」

舌に蕾を開かれ内を舐められる快感は、腰が溶けてしまいそうなほど気持ちいい。小柄な前は充血し、透明な涙を流す。

「陛下、もう……」

爆《は》ぜてしまいそうだと知らせても、アスランは止まってくれない。それどころか唾液《だえき》を絡ませた指で会陰を撫でて、蕾を吸い上げる。

「あ……、ああっ」

溶けた後孔を唇で食《は》まれた瞬間、セナは果てた。華奢《きゃしゃ》な中心は小さな飛沫《ひまつ》を上げ、後ろは小刻みに収縮して愛液を溢れさせる。

身体を起こしたアスランは、呆気なく達してしまった羞恥に肩を震わせるセナを見下ろし、口角を上げた。

「申し訳ありません」

自分だけ極めてしまい、口を汚したことを詫びれば、アスランはセナに覆いかぶさり、恥じらいに力む唇を奪う。

「愛らしい姿だった」

満足げにそう言ったアスランは、爆ぜたばかりの中心に昂ぶりを重ねてきた。すでに熱量を備えた雄は、早くセナの中に入りたいと言っている。

「気をやったばかりだが、俺を迎えてくれるか」

耳元で囁かれ、セナは頬を真っ赤にして頷いた。

自ら脚を開けば、淫らな予感がつま先までを支配した。鼓動が急ぎ足になり、呼吸が短くなって、肌が上気する。

組み敷かれているだけなのに、興奮が増していく。なぜこんなにも淫らな気分になるのだと、頭を浮かせば、アスランの瞳も濃い情欲に染まっていることに気づいた。

「セナ、発情しているのか」

「発情？」

身体に意識を巡らせると、発情期特有の淫らな倦怠感《けんたい》と抑えようのない欲求を感じた。

「どうして……」

発情していては婚儀に支障が出るからと、周期をはかった日どりだったのに。

今夜発情するなんて思ってもみなかった。信じられなくて、セナは数拍啞然《あぜん》としたが、アスランは一瞬だけ驚いてから喜悦の笑みを浮かべた。

「俺と番になることを、それほど待ちわびていたのか」

歓喜の声を聞いて、セナは自分の正直さに驚いた。

きっと、本能が運命のひとと番になることを渇望したから、特別な夜に発情できた。幸せの絶頂からさらに高みへ誘《いざな》うこの発情が、言い尽くせないほど愛しく感じる。

「今夜発情できてうれしい」

アスランの番になれる。身も心も完全に一つになる喜びで胸がいっぱいになって、それを表すようにくちづけをねだれば、唇を奪われた。

「お前はどこまでも俺に男の悦《よろこ》びを与えてくれる」

愛おしそうに見つめられ、それほど特別な何かをしただろうかと不思議になった。

身体をうつ伏せに返され、一息に腰を持ち上げられて、訊ねることはできなかったけれど、猛《たけ》った欲望が蕾にあてがわれれば、快楽の予感に疑問は掻き消されてしまった。

「セナ」

名を呼ばれるだけでひくついた孔を、先端が割り開いた。瞬く間に快感が全身を駆け抜け、男のオメガだけが持つ性器が疼《うず》く。

「はぁっ、……んんっ」

秘所から蜜が溢れ、欲望を奥へと誘う。昂ぶりは躊躇うことなく子宮を目指し、大胆に奥へと進み入る。

先端が最も敏感な箇所を探しあて、そこを幾度も愛撫した。セナの中心はまた張りつめて、涙を溢れさせて寝台を濡らす。

「ああっ……、んぅっ」

敷布を握り、快感の波に耐えるセナの姿をひとしきり愛でてから、アスランは硬度を増した楔《くさび》で蜜壺《みつつぼ》の小さな口をつついた。

「陛下、きて」

一番奥まで責められたい。アスランの情欲であますところなく染まりたい。本能的な欲求に掻き立てられ、セナは無意識に腰を反らせ、双丘を突き出していた。

全身で求めるセナの背に、アスランは胸を重ねた。そして繋がったまま華奢な身体をきつく抱き寄せ、発情の香りを放つ耳元にくちづける。

「名を呼んでくれ」

囁きは伴侶への願いだった。名を呼び合いたいと、セナの伴侶が望んでいる。

「アスラン、きて」

愛するひとの名を呼べば、きつく抱きしめられたまま欲望が奥へと突き立てられた。先端が狭い口を限界まで開き、その奥にある蜜壺に侵入する。

「はぁっ……、んぅっ！」

えもいわれぬ快感がつま先まで一気に駆け抜け、高い嬌声《きょうせい》を上げたセナを、アスランは大胆に責めはじめる。

引き締まった腰が柔肌を叩く音が寝所に響く。しらふなら耳を塞いでいるけれど、快楽に踊るセナは髪を乱して情欲のすべてを受け止める。

「ぁっ、んっ……、ああっ」

欲望が中を揺らすほど発情が激しさを増す。アスランはその匂いを胸いっぱいに吸い込み、猛った欲望をさらに滾《たぎ》らせる。

腰を押し出しては抜ける限界まで欲望を引き抜かれ、セナは身も世もなく喘いだ。

「んぅっ、……もう、達《い》くぅっ」

枕を握りしめて快感の波に耐えたけれど、絶頂が目前に迫ってきた。アスランの昂ぶりも、硬く張りつめて限界を知らせている。

遂に、魂から繋がるときがきた。

「我が番に……！」

最奥を一際激しく突き上げられ、弓なりに身体を反らせたセナの首筋に、アスランの牙《きば》が立てられた。

「ああっ！」

一息にうなじを噛まれた瞬間、絶頂よりも激しい快感が全身を支配した。髪の一本までがアスランに染まっていくような感覚に恍惚《こうこつ》とするセナを、アスランはもう一度突き上げる。

逞しい身体が強張り、胎内に熱い迸《ほとばし》りが放たれた。すべてをあますところなく感じて、身体が溶けてしまいそうな快感に包まれる。

「っぁ、……はぁ」

快楽の極みはしばらく尾を引いた。痩身を小刻みに震わせ、悦楽に浸るセナに、アスランも惜しみなく情熱を注ぎきる。

繋がったまま脱力してしまったセナを、アスランは力強く抱きとめて、そっと寝台に寝かせてくれた。自然と繋がりが解け、後孔からアスランの放った劣情が溢れ出す。

華奢な背中に逞しい胸を重ねて、アスランも横になった。身体を密着させ、愛おしそうにセナの腕を撫でながら、アスランは何度もうなじにくちづける。

「愛しいセナ。我が運命の番」

情熱に満ちた囁きに、意識が呼び戻された。途端に、首元に甘美な痛みを感じ、アスランと番になれた実感が胸を満たしていく。

「やっと、あなたの番になれた」

喜びに目元を濡らして振り返れば、アスランも歓喜の表情でセナを見つめていた。

目が合うだけで、番になるべくして生まれたのだとわかる。身も心も、本能までもが、互いのために存在するのだと、確かに感じる。

「アスラン」

鼻先を触れ合わせて呼べば、身体を返されて、唇をアスランの熱いそれで塞がれた。脚を絡ませて抱き合いながら、深いくちづけに没頭していると、いつの間にか背を寝台に預け、アスランに組み敷かれていた。

「もう一度、お前の中に入りたい」

硬度を取り戻した雄が内腿に触れているのを感じ、セナは自ら脚を開いた。求められるぶんだけ、アスランの情欲が欲しくなる。まるで感覚まで一つになったようだ。

「私も、あなたが欲しい」

自然と口から零《こぼ》れた感情は、アスランに火をつけた。

膝を押し上げ、大きく割り開かれ、あられもない姿を恥じる隙なく、後孔に昂ぶりが押し挿《い》れられた。一気に根元まで収めたアスランは、蜜壺のさらに奥を狙うように、セナの双丘に腰を打ちつける。

二度も極めたのに、身体は嬉々《きき》として欲望を銜《くわ》える。遠慮なく責められる悦びに感覚が研ぎ澄まされ、激しい抽挿に喘ぎ声が止まらない。

「ひぅっ、あっ、ああっ！」

アスランの腕に爪を立てて、打ち寄せる快感の大波をやり過ごそうとした。けれど、感じる箇所を的確に抉《えぐ》られ、最奥を突き上げられて、急速に絶頂が迫ってくる。

「は、ああっ、……また、達ってしまう」

同時に欲情したのに、アスランの絶頂はまだ先にあるのが、感覚でわかる。極めるときは一緒がいいのに、セナの極みはすぐそこだ。

「お前の達く姿が見たい」

情欲を孕《はら》んだ視線で見下ろされ、それにも感じてしまい、中がアスランを最奥へと誘う。

アスランの精が欲しいのに、また絶頂を見たくて堪らない。アスランに与えられる快楽の虜《とりこ》になったセナは、胎内を激しく揺さぶる欲望を何度も締めつける。

「アスラン、……んぅっ」

あられもなく嬌声を上げ、劣情をねだるセナを、アスランは容赦なく責め上げる。激しい律動を刻みながら、自分を極めさせようとする伴侶の姿にも感じて、セナは一際高い声を上げた。

「あっ、ああっ！」

昂ぶりを締めつけて、セナは果てた。アスランは眉を寄せて、結合部の収縮に耐えている。

絶頂のえもいわれぬ快感に呼吸を乱し、汗ばむセナの姿をひとしきり愛でたアスランは、休む隙なく、ひくつく中をまた責めはじめた。

「はぁ、……あっ、んぅっ」

達したばかりでひどく敏感な中をさらに大胆に責められ、苦しいはずなのに、身体は悦びになる。

もう何度か深くまで突き上げられたとき、楔の先端が質量を増した。蜜壺の狭い口よりも膨張したそれは退路を失い、さらなる刺激を求めているアスランは最奥の先を探すように、セナの腰を摑んだ。

膝立ちになったアスランは細い腰を持ち上げ、腰を激しく叩きつける。腫《は》れあがった先端は子宮をかき回し、セナを高みへと追いやる。

「ああっ、アスラン、私の中に――」

嬌声を上げた瞬間、これ以上ないほど奥に迸りが放たれた。

「くっ、……セナ」

背を反らせ、奥の奥まで子種を残そうとするアスランの絶頂は長く続いた。胎内を奔流で満たされていく刺激は鮮烈で、セナを快楽の極みに捕らえて離さない。

「はぁ、……ぁっ……」

えもいわれぬ快感に包まれながら、孕んでしまいそうだと感じた。それくらい、アスランの絶頂が尾を引いて、セナの身体も最後の一滴まで絞り取るように収縮する。

このままずっと、一晩中繫がっていたいくらい、まるで二つの身体が一つになったような愉悦に包まれた。アスランも同じ気持ちでいるのがわかる。

視線が合うと、二人は同時に両手を差し出した。繫がったまま抱き合い、寝台に横たわると、どちらからともなくくちづけが始まり、舌が絡み合う。

息が上がるほど情熱的にくちづけを交わし、名残惜しく感じながらも唇を離せば、余韻を引きずったままのアスランがセナの首元に顔を埋める。

「天にも昇る心地だった。すっかり虜にされてしまった」

情熱のすべてを注ぎきって、解放感に浸るアスランは、すこし休んではセナの肌にくちづけの痕を残していく。そして満足するまで痕を残して、そっと腰を退いた。

逞しい腕をセナの枕にしたアスランは、天蓋《てんがい》を眺めて囁く。

「思えば、初めて目が合ったときから、俺はお前の虜だった。まさか男に惚れるとは思ってもいなかったから、自分の気持ちを理解するまでに時間がかかったが、振り返ってみると最初から惚れていた」

騎士団基地で出逢った日を振り返ったアスランの隣で、セナも同じことを感じた。あのときは、アスランを主君としてしか見られなかったけれど、風格に圧倒され、力強い姿に魅了された。

「こうして番になると、一緒になるために生まれてきたのがよくわかる」

そっとセナのうなじを撫でて嚙み痕を確かめたアスランは、唇を彼のそれで塞いだ。

「セナのたゆまぬ努力のおかげだ。運命で繫がっていようと、出逢えなければ何も始まらなかった。あの日、セナの誇らしげな立ち姿を見られなければ、俺は運命の番がいることさえ知らずにいたのだから」

言われ、あの日がセナの人生を変えたことに気づいた。血の滲むような努力の末に一等騎士になって、アスランの目にとまる場所にいたからこそ、今がある。

「私は、もしかすると、知らず知らずのうちに、あなたに逢おうとしていたのかもしれません」

王属騎士を目指したのは、孤児に救いの手を差し伸べてくれたアルバールに忠義を抱いたからだった。それはもしかすると、運命のひとにいつか出逢えると、本能が知らせていたからかもしれない。

絶望した日もあった。その中で、初めて家族を得た。そして、すべてを受け止めてくれるアスランに出逢えたのだから、決して平坦ではなかった今までは、この日のためにあったのだと、心から思う。

「お前のすべてが愛おしい」

心の底から囁かれた言葉に、セナは目元が熱くなるのを感じながら答えた。

「私も、あなたが愛しくて堪らない」

想いを言葉にして伝えると、アスランは凛々しい目元に歓喜の色を映し、宝物を抱くようにセナを抱きしめて、そっと目を閉じた。

セナも目を閉じると、胸の奥にある核のような場所が、アスランと繋がっているのを感じた。運命に導かれた番と育んだ絆《きずな》は、温かく、柔らかく、言葉で言い尽くせないほど愛しかった。


婚儀から三月ほど経ったころ、セナは床に伏せっていた。昼食のあと貧血を起こして倒れてしまったのだ。

倒れたといっても酷い立ち眩《くら》みがして一瞬平衡感覚を失っただけなのだが、侍女や召し使いに見られてしまい、寝台に連れていかれ、医者を呼ばれてと、大事になってしまった。

駆けつけてくれた医者に症状を伝え、診察してもらい終えたとき、堂々としながらも急いた足音が聞こえた。セナが上体を起こすと、医者を含めその場にいる全員が立ち上がる。

寝所に入ってきたのはアスランだ。性急に垂れ絹をめくり、寝台の横に立った。

セナが頭を下げようとすると、掌を見せて制止する。

「動いてはならん」

平気だと思ったから身体を起こしたのに、叱《しか》られてしまった。眉尻を下げるセナをよそに、アスランは殺気立っている。

「食事のあとに倒れたと聞いた。食事におかしな物が入っていたに違いない。セナの料理を作った者、運んだ者を直ちに洗い出せ」

後を追いかけてきていた側近に、垂れ絹越しに厳しい口調で命令をするアスランの勢いに圧《お》され、医者が困っている。セナが毒を盛られたと思い込んでいる様子の国王に、なんと声をかけていいのかわからないのだ。

「アスラン」

周囲に人がいるときは必ず陛下と呼ぶけれど、あまりの剣幕なのであえて名前で呼んだ。

すると、伴侶を想うがあまり見当違いの疑惑を抱いた国王は、はっとして寝台の傍に寄ってくる。

「どこか痛むのか。悪化はしていないか」

「ただの立ち眩みでしたから、平気です」

落ち着いてもらうためにはっきりと言って、存在を思い出させるよう医者に視線を向ければ、アスランは早く話せと言いたげな顔をした。

王宮専属の医者は、向けられた険しい表情に臆《おく》しつつも、診察の結果を口にする。

「王后陛下はご懐妊されました」

「懐妊……」

目を見開いてしばらく呆然とするアスランの後ろで、セナの料理に触った者を洗い出しに部屋を飛び出す勢いだった側近が、国王のはやとちりなどなかったかのように静かに立ち止まり、背筋を伸ばした。

「我が子が生まれるのか」

未だ呆然としながらそう呟いた途端、アスランは勢いよく立ち上がって破顔した。

「いつだ。いつ生まれるのだ」

「あと半年ほどでお生まれになるかと」

「ならば早急に準備を始めなければ。何が必要なのだ」

興奮を抑えきれず、矢継ぎ早に医者に質問するアスランを見ながら、セナはどうしても不安になってしまう。だが舞い上がったアスランはそれに気づかず、でかしたとセナを褒める。

「セナ、今日からは必ず体調に合わせて行動するのだぞ。一日中寝所にいてもいい。何度食事をしたっていい。欲しいものも必ず知らせるように」

この三か月間だって、過ぎるほど甘やかしてくれていたのに、子供のぶんもと言わんばかりのアスランはやはり、セナの不安に気づいていない。

慎重が過ぎる性格は自覚している。けれどこの不安を口にしなければ、後に知られたときに傷つくのはアスランだ。

隠さずに話すのも伴侶の務めだと思うから、セナは思いきって言う。

「陛下、お世継ぎと決まったわけではありません」

アスランが欲しいのは、次の国王となる息子だ。セナはアスランの子を授かれるなら男女どちらでもこの上なく嬉しいけれど、国王であるアスランは世継ぎを必要としている。望みが叶えられないかもしれないと言えば、アスランは笑顔のままはっきりと言う。

「俺とセナの子だぞ。どちらでも構うものか」

躊躇いの欠片も見せず、アスランは寝台に腰かけた。そしてセナの目を見て不安がっていたことを気取ったのか、手を取り、優しく甲を撫でる。

「女児ならセナに似てくれるとよりよいだろう。きっと美人に育つ」

落ち着きを取り戻したアスランは、セナを見つめ、純粋な喜びを伝えてくる。

「男児でもセナに似るとよいな。聡明《そうめい》な剣豪に育ちそうだ」

歴代国王の血を受け継いで、民から敬愛される国王なのに、アスランは世継ぎでさえセナに似ていればと言う。本当に、セナとの子を待ち望んでくれているのが、痛いほど伝わってくる。

「アスラン」

「興奮して騒ぎすぎてしまったな。体調に響いてはいないか」

まだほんのすこし膨らんだかどうかという腹を、アスランは愛おしそうに撫でる。絹の衣装越しに、熱い愛情を感じ、セナの瞳が濡れた。

「いいえ。私も舞い上がりたい気持ちです」

幸せすぎて胸がはち切れそうだ。不安になってしまったのを後悔するくらい、アスランは子を宿したセナに溢れんばかりの愛情を伝えてくれる。

しばし見つめ合って、喜びを噛みしめていると、ミラが寝室に入ってきた。同年齢の子たちと庭園で遊んでいたはずだが、セナが倒れたと聞いて走ってきたようだ。息が上がっている。

「ミラ」

召し使いが持ち上げてくれた垂れ絹の隙間から笑顔で呼ぶと、安堵の笑みを浮かべて寝台のほうへ駆けてくる。そんなミラに、アスランは片手を広げてみせる。

「おいで、ミラ」

すっかり懐いたミラは、手招きされるままにアスランの膝元に駆け寄った。たくさん走って汗までかいているミラを、アスランは抱き上げて膝に座らせる。

「走ってきたのだな。心配するな、セナは元気だぞ」

「お風邪じゃないの？」

「子を授かったから、体調が変わっただけだ」

空いている手でセナの腹を撫でるアスランを見て、ミラもそこに手を伸ばす。

「赤ちゃんいるの？」

まだ平らな腹に触って不思議そうな顔をするミラに、アスランは穏やかに言う。

「そうだ。ミラは叔母《おば》になるわけだが、これほど歳が近いのだ。姉になるつもりで待っていろ」

「はい」

にっこり笑顔で答えたミラを抱き寄せるアスランを見て、セナはついに一筋の涙を零した。

こんなにも幸せになれるものなのだろうか。

セナの過去を受け入れ、ミラを実子のように愛してくれるひとと結ばれて、これからを共に生きていけるなんて。幸福が溢れ、涙を押し出す。

泣いているのを隠そうとすれば、それに気づいたアスランがミラに花瓶を取ってくるように言った。何かを任せられると張り切る年頃なのがわかるくらい、ミラを可愛がってくれているから、泣き顔を見せたくないセナのために気を利かせてくれたのだ。

「セナ」

頬を濡らす涙を拭ってくれるアスランは、涙の理由を察しているようだ。けれど、言葉にして伝えたい。

「陛下はどこまでも私を幸せにしてくださいます」

これほど想われて、愛されて。幸せという言葉だけではこの胸の中にある感情は言い尽くせない。そう思うほどに、アスランは幸福を授けてくれる。

「その言葉をお前に返そう」

穏やかに微笑んで、アスランは唇をセナのそれに寄せた。が、

「持ってきたよ」

という無邪気な声に、慌てて顔を離した。

見ると、ミラが花瓶を寝台横の飾り棚に置いていた。達成感の滲む笑顔を見ると、落とさないよう慎重に運んできたのがよくわかる。

「助かったぞ、ミラ。次は花を探してきてくれ」

アスランに働きを褒められて、ミラはさらに張り切った。

「はい」

ミラが植木鉢のある露台に駆けていくのを確認したアスランは、急いでセナに顔を寄せ、そっと唇を重ねた。

「見目麗しく、聡明で心優しいセナよ。あんなに可愛い家族を与えてくれて、そのうえ我が子を授けてくれる。俺は、これ以上を望めない伴侶を持った」

一点の曇りもない愛情を言葉にして、アスランはもう一度セナの唇を塞いだ。そして露台にいるミラが、植木に咲いたどの花を花瓶に挿すか吟味しているのを見て、医者に視線を向ける。

「腹に子がいても、夜は共にしてよいものなのか」

「アスラン！」

恥ずかしげもなく訊ねるアスランの手を、セナは思わず叩いていた。

伴侶としての愛情を確かめ合っていたのに、直後に意識を閨事に向けるなんて。唇を尖らせたセナに気づいてアスランは大袈裟《おおげさ》に痛がってみせる。そんなやり取りを見て、医者は口ごもりながら答える。

「王后陛下の体調が優れておいででしたら」

アスランの良識と判断に任せるとしか言いようがなかったのだろう。医者は困り顔だが、アスランは満足げにセナを見る。

「よく食べ、よく寝て、体調を整えるのだぞ」

「アスラン！」

惚気《のろけ》たやり取りに、医者も側近も、召し使いたちまでもが天井を仰いでいた。

「セナ」

甘い声で呼ばれ、まだ唇を尖らせつつも視線を向けると、情熱に満ちた双眸が見つめていた。

「楽しみだ」

穏やかな笑みを向けられ、セナも自然と笑顔になる。

「早く陛下の御子に会いたいです」

もう一度くちづけをしたい気分だったけれど、ミラが花を一輪持って駆けてきた。

「ありがとう、ミラ」

頭を撫でると満開の笑みが返ってくる。

幸せに包まれるセナは、半年後に次期国王を授かることはまだ知らない。ただ、運命で結ばれた、愛するひとたちと、さらなる幸福を生きることは、はっきりと感じていた。

王后セナのある日

アスランとのあいだに息子を授かってから、三年が経とうとしていたある日の夕方。セナは自室の居間で、息子のカヤハン・アミール・アルバールと、木製の剣で剣士ごっこをしていた。

「えいっ！」

丸みの抜けきらない腕を振り、脚をいっぱいに広げるカヤハンは、一人前の剣士になったつもりだ。微笑《ほほえ》ましくて、何度でも倒されたふりをしてあげたいのだが、角がないとはいえ木製の剣は当たるとそれなりに痛いので、セナはうまくかわしつつ、ときどき小さな王子に倒されている。

「うわぁ、やられた」

大袈裟《おおげさ》に座り込んでみると、眩暈《めまい》がしてすぐに立ち上がれなくなった。心配したカヤハンが駆け寄ってくる。

「だいじょうぶ？」

怪我《けが》をしないように木の刃《やいば》を受け止めていたが、力いっぱい剣を振ったカヤハンはしゅんとしてしまった。

「大丈夫。心配いらないよ」

笑顔で答えると、カヤハンは破顔したが、剣士ごっこはそろそろ終わりにしなければならない。もうすぐアスランが執務を終えて戻ってくる。ふらついたことを知られては心配させてしまうので、輪回しをするよう勧めてみると、カヤハンは元気に輪を追いかけて走り出した。

そこへ、今日の執務を終えたアスランが、セナの部屋へやってきた。

「おとうさまっ」

舌ったらずだが元気な声を上げたカヤハンは、アスランの姿を見るなり足元に駆け寄り、思いきり抱きついた。アスランは嬉《うれ》しそうにしゃがんで、カヤハンを抱き寄せ、産毛の目立つふっくらとした頰《ほお》に頰を擦り寄せる。

幼児らしい丸みを帯びた顔をしたカヤハンを、セナはアスランに似て可愛《かわい》いと言い、アスランはセナに似て可愛いと言う。要するに二人の特徴を半分ずつ受け継いでいるのだが、明るくて強気なところがあって、優しい性格はアスランに似ていると思う。

「今日は何をして遊んだのだ」

「剣したよ」

カヤハンは剣士になった気分でいる。それをくみ取ったアスランは、

「そうか。剣士になるための練習をしたか」

と、補足しながら頭を撫《な》でた。そして頭の上まで抱え上げると、小さな王子はきゃっきゃと声を上げて喜んだ。

「ミラはどうした。もうすぐ夕食の時間だと伝わっているはずだろう」

室内を見回すアスランは、ミラがかくれんぼでもしていると思ったようだ。

「きっと絵に夢中なのです。私が呼びにいきましょう」

ミラは絵画に目覚め、毎日練習をしている。画材は決して安価ではなく、画家は男性ばかりなのに、アスランはミラに才能があるといって、師をつけてくれているのだ。

今日も夕方から絵を描くといって部屋に籠《こも》っていて、きっと時間を忘れている。

「セナは動くな。体調にひびいては困る」

掌《てのひら》を見せて止めようとするアスランは真剣だが、セナは思わず笑ってしまう。

つい先日、二人目を授かったことがわかった。今回は眩暈がひどく、しばらくは自室で過ごすよう医者に言われてしまったのだ。

「隣の部屋に行くだけですから」

立ち上がろうとすると、アスランはカヤハンを抱いたまま駆け寄ってくる。

「俺が行く。セナはここで待て」

カヤハンにセナと一緒に待っているよう言い聞かせる姿は、大袈裟としか感じない。けれど、それだけ大切にされている証拠だから、おとなしく待っていようと思った。

「では、お願いします」

大仰なやり取りをしているうちに、ミラが部屋に入ってきた。手には船の帆を切り取って木枠に貼《は》りつけた支持体がある。

数週間かけて一枚の絵を描くと言っていたミラだが、どうやら絵を完成させたようだ。誇らしげな笑みを浮かべて歩み寄ってきたけれど、セナたちが三人でまとまっている様を見て足を止めてしまった。

「ミラ?」

もうすぐ八歳になるミラは、少女らしい繊細さに目覚めはじめている。言葉が増えたカヤハンがアスランを父と呼ぶのを羨《うらや》ましく感じ、同時に寂しくも思うようで、アスランがカヤハンを愛《め》でる姿を見ると、ときどきこうして戸惑うようになった。

娘の異変に心苦しくなり、うまく声をかけられないセナの横で、アスランは快活な笑みを浮かべ、手を差し出した。

「絵が完成したのか？　見せてくれ」

画家になりたいというミラの夢を一番に信じているのはアスランだ。それがはっきりと伝わる明るい声に、ミラは笑顔を取り戻す。

「まだ、上手に描けないけど……」

そう言いながらも絵を見せるミラは褒めてほしそうだ。時間をかけて作品を完成させたことを、自分でも誇らしく感じているのがよくわかる。

両手で受け取ったアスランは、絵を見て驚いた顔をした。そして感慨深くミラに訊《たず》ねる。

「これは、俺の肖像画か」

セナも絵を見ると、大きく腕を広げた立派な姿が描かれていた。輪郭や鼻筋の陰影はうまくアスランの特徴を捉《とら》えていて、子供が描いた肖像画としては随分完成度が高い。

「先生が、好きなものを描くと上手になるって言ったから、陛下を描いたの」

素直な言葉がアスランの胸に響いたのが、見ているだけで伝わってくる。

「そうか。そうか……」

アスランは、ミラを実子のように可愛がってくれる。絵画の師をつけてくれたのも、ミラの将来と幸せを考えてくれるからこそ。その思いはミラにも伝わっている。だからこそ、父親の代わりを立派に務めてくれるアスランに、恩返しをしようとしたのだろう。

幼いながらも真摯《しんし》な姿に、セナも感動して泣いてしまいそうだ。

「ありがとう、ミラ。嬉《うれ》しいぞ」

目元を熱くさせたアスランは、肖像画を侍従に渡した。丁重に扱うよう指示をするのも忘れない。

「額縁を作らせよう。どこに飾ろうか」

そう言って、ミラを抱き寄せるアスランは、もう片方の手でカヤハンも抱き寄せる。

「誰《だれ》にも見られたくないから、飾らないで」

恥ずかしそうにするミラをきつく抱きしめながら、アスランは満面の笑みを浮かべる。

「立派な肖像画だ。飾らなければ勿体《もったい》ない」

「じょうずな絵。飾って」

カヤハンにも言われ、ミラはまだ恥ずかしそうにしながらも頷《うなず》いた。

「額縁ができあがったら、飾る場所を相談しよう。今は何より、夕食だ」

アスランの一声で、夕食が運ばれてきた。セナとアスランが隣同士に座り、向かいにミラとカヤハンが座る。食事中は、まだ綺麗《きれい》に食べられないカヤハンの口元を、ミラが優しく拭《ぬぐ》って、ときどき食べさせてもくれるから、セナは安心してアスランとの会話を楽しめる。

この幸せがセナの毎日だ。数年前まで想像もできなかった幸福は、日々胸を満たしてくれる。

「今日はバクラバの日だぞ」

「やったぁ！」

大喜びで大好物を頬張る伴侶《はんりょ》と子供たちを眺めながら、セナはこの日々を授けてくれるすべてに、心の中で深く感謝するのだった。

あとがき

はじめまして。お久しぶりの方もいらっしゃると嬉しいです。桜部さくと申します。

このたびは拙作をお手に取っていただき、ありがとうございます。

今作はオメガバースの設定と、アラブの世界観を融合させてみようということで、歴史風アラブに挑戦しました。アラブといえば、オイルマネーとビリオネアというイメージが個人的に強いのですが、中世あたりのアラブ世界に設定を置いたので、はじまりはまず昔のアラビアはどんな様子だったかを調べることでした。結果、中世で栄えていたのはオスマン帝国時代と知り、食事や衣装のインスピレーションになりました。アスランの宮殿に五つの厨房があるという設定は、オスマン帝国の宮殿に実際にあったものです。

衣装のアイデアは、アラビアの伝統衣装カンドゥーラとグドラに、私の大好きなパキスタンの民族衣装を掛け合わせたものです。表紙から挿絵まで、私の妄想を遙かに超えた美しい衣装が描かれています。

その美麗なイラストは、兼守美行先生が担当してくださいました。大学生のころ、素敵な表紙に惹かれて初めてBL小説を購入したのですが、そのイラストを描かれていたのが兼守先生でした。運命の一冊は今も大切に保管していて、拙作のイラストを描いていただけると知ったときは小躍りしました。お忙しいところ、誠にありがとうございました。

今まで、最後の最後にやっとくっつくカップルばかりを書いてきました。今作は中盤で両想いが発覚する流れなので、どのように受け取っていただけるかドキドキしています。すこしでも楽しんでいただければ幸いです。感想だったり、一言コメントだったり、どんな形でもいただけると大喜びしますので、もしよければお願いいたします。

最後になりましたが、お世話になりました担当様、今作に携わってくださった皆様に心よりお礼申し上げます。

そして、拙作をお手に取ってくださった読者の皆様、本当にありがとうございました。

またお会いできる機会がありますように。

桜部さく

本作品は書き下ろしです。

ラルーナ文庫

この本を読んでのご意見・ご感想・ファンレターなどお待ちしております。〒111-0036 東京都台東区松が谷1-4-6-303 株式会社シーラボ「ラルーナ文庫編集部」気付でお送りください。

灼熱《しゃくねつ》の若王《わかおう》と秘《ひ》されたオメガ騎士《きし》

2020年4月7日　第1刷発行

著　　者｜桜部《さくらべ》 さく
装丁・DTP｜萩原 七唱
発 行 人｜曺 仁警
発 行 所｜株式会社 シーラボ
〒111-0036　東京都台東区松が谷1-4-6-303
電話　03-5830-3474／FAX　03-5830-3574
http://lalunabunko.com
発 売 元｜株式会社 三交社（共同出版社・流通責任出版社）
〒110-0016　東京都台東区台東4-20-9　大仙柴田ビル2階
電話　03-5826-4424／FAX　03-5826-4425
印刷・製本｜中央精版印刷株式会社

　ISBN978-4-8155-3234-5

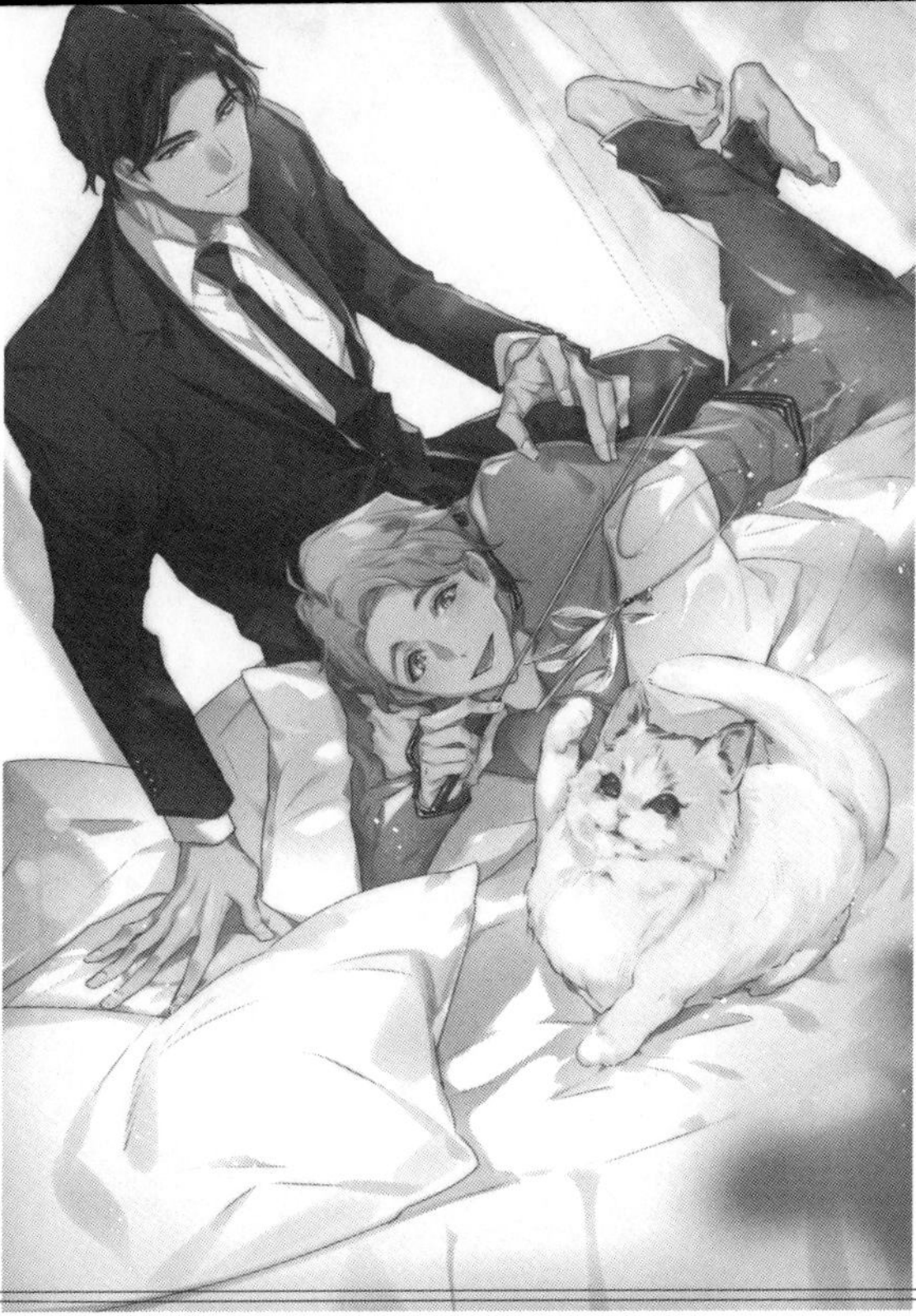